大正ロマン政略婚姻譚

朝比奈希夜

STARTS
スターツ出版株式会社

目次

大正ロマン政略婚姻譚

吉原への覚悟

少し冷えた風を頬に感じながら人力車で隅田川《すみだがわ》を渡り浅草《あさくさ》に入ると、通りには船宿や料理屋が立ち並んでいる。しかし、まだ薄暗い朝六時前では人影はない。

その間を颯爽《さっそう》と駆け抜けしばらく行くと、車夫《しゃふ》がピタッと足を止めた。

「さぁ、降りなさい」

隣に座るニヤつく男に人力車から降りるように促される。

私、三谷郁子《みったにいくこ》は、心臓がばくばくと大きな音を立て始めたのを知られまいと冷静を装って腰を上げた。

あまり目立たぬようにと纏《まと》ってきた柿渋染《かきしぶぞめ》の着物が薄暗い空に溶け込み、まるで私の閉ざされた未来を象徴しているかのようだ。

地に足をつけた瞬間、ゴーン、ゴーンという浅草寺《せんそうじ》の鐘の音が響き渡り、ビクッと震える。

大門《おおもん》の脇には女の出入りを監視する四郎兵衛番所《しろべえばんしょ》が見えるが、他は人気《ひとけ》がまったくなく静まり返っている。

この門の先は、かの有名な吉原遊郭《よしわらゆうかく》。男が女を買う場所だ。

遊女《ゆうじょ》の逃亡を防ぐための高い塀と、〝お歯黒《はぐろ》どぶ〟と呼ばれる堀に囲まれたそこは、この門以外に出入りできないと聞いている。

しばらく門の先を見つめていると、ひと晩楽しんだ男たちがぞろぞろと姿を現し、昇り始めた朝日を浴びながら吉原を出ていく。

「さぁ、そろそろ行こうか」

私を促す男は、妓楼《ぎろう》に女を売る女衒《ぜげん》。つまり私は、これからここで遊女として働くのだ。

男が私の背中を押そうとするので、その手を払った。

「気安く触れないで。触れるなら相応の金を払いなさい！」

強い口調で言うと、女衒は眉尻を上げる。

「借金まみれの没落華族風情が、でかい口を叩くな！　相応の金だ？　男を喜ばせる手練手管《てれんてくだ》を覚えてから言いやがれ！」

女衒に強く背中を押された私はよろけたが踏ん張った。

たしかに三谷家は火の車だが、借金を作ったのは私ではない。私は他人《ひと》に顔向けできなくなるような悪事に手を染めた覚えはないので、媚《こ》びへつらうつもりなどない。

帰っていく客に逆行するようにゆっくり一歩一歩足を進め、門の目の前までたどり着いたとき、正面から歩いてきた男性が私の腕を突然つかんだ。上質な三つ揃いに身を包んだ、二十代であろう若い紳士だ。

「待て」

「なにをする！」

叫んだのは私ではなく女衒だ。

「お前、吉原に入るのか？」

しかし切れ長の目で私を見つめる男は女衒には目もくれず、私に尋ねてくる。

「そうです。余計な憐《あわれ》みはいりません」

ここは男の楽園。そして、女の地獄。

それくらい、子爵家で育ってきた私とて知っている。

男は私の頭から足の先まで視線を移し、目にかかっていた艶《つや》やかな長い前髪をかき上げて、ふーっと溜息をつく。

「お前は、吉原がどういう場所か知っているのか？」

「もちろんです。あなたがひと晩お楽しみになってこられたのも」

金にものを言わせて女を買う男に強い反発心を抱いていた私は、きつい口調になってしまった。

「私は……。まあいい。お前は――」

「お前ではございません。三谷郁子という名がございます」

つい突っかかってしまうのは、本当は吉原の大門をくぐることに震えているからだ。気丈に振る舞っていなければ、涙がこぼれそうだった。

「子爵家のご令嬢ともなると、お高くとまっていて困りますなぁ」

女衒が漏らすと、男がなぜか驚いたような表情を見せる。

「三谷？　まさか、三谷茂《しげる》子爵のご令嬢か？」

どうやら父を知っているようだ。それは気まずい。

せっかく人目のつかない夜中に家を出てきたのに、三谷家は娘を遊郭に売るほど落ちぶれたと、あっという間に世間に広まってしまう。

とっさに答えられず黙り込むと、図星だと解釈されたようだ。

「……そうか。どうりで遊女に身を落とすとは思えぬ上質な着物を纏っていたんだな」

「えっ？」

たしかにこの着物は、色目は地味だが五年ほど前に購入した上等な紬《つむぎ》だ。しかし、それをひと目で見抜くとは、この男は何者なのだろう。

「すまん。私は津田敏正《つだとしまさ》という。それでは郁子」

いきなり呼び捨てにされて驚愕したが、この身なりや着物の知識から、成金か身分の高い男なのだろうから仕方がないと話を聞くことにした。

「まだ妓楼には属していないのだな」

質問の意図がわからず首を傾げていると、女衒が口を開く。

「これから交渉に行くんですよ。家柄をご存じならば話は早い。この女、齢は十七。言い分なしの玉ですぜ。この歳なら、留袖新造《とめそでしんぞう》としてすぐに客を取れるでしょう。どうです、旦那。最初の男にはなりませぬか？」

女衒の生々しい発言に、頬がピクリと動いてしまう。

つまり、津田という男に私のひとり目の客になれと言っているのだ。

「ほぉ。それでお前は郁子をいくらで売る気だ？」

「こちら、子爵令嬢でこの美貌。教養ありとかなりの上玉ですから……五千圓は固いと」

「それは、遊女としては破格だな」

五千圓といえば、大学を卒業して働き始めた者の十年分に近い稼ぎに匹敵する。まあ、このようなきちんとした身なりをした男なら、すぐに稼ぐ額ではあろうけど。

それでも父はこのお金があれば、三谷家を再興できるだろう。

「これだけの器量よしですから」

ヒヒッと下品な笑い方をする女衒に虫唾《むしず》が走る。

「ならば、私が五千出そう」

「は？」

目が飛び出んばかりに驚いている女衒は、すっとんきょうな声をあげた。

「旦那。五千ですぞ？」

「構わん」

津田さまは自分のうしろに控えていた、三十代後半に見える男に視線を送り、なにやら目配せしている。

「あとは彼が。郁子はもらっていく」

ぽかんと口を開ける女衒とお付きの者を置いて、彼は私の腕を引く。

「ちょっと、勝手なことをしないでください！」

「うるさい。黙ってついてこい」

一喝した彼は、人力車に私を乗せて自分も隣に乗り込み、車夫に行先を告げる。

「私は買ってもらわねば困るのです」

「だから、私が買った」

五千圓もの大金をすれ違っただけの私にあっさり使うこの人は、一体誰なの？

「どうしてでしょう」

「金を出すのは私の勝手だ。郁子にとやかく言われる筋合いはない」

たしかに正論だ。

「津田さまがお支払いになられる五千圓は、あの女衒から私の家にきちんと入るのでしょうか」

妓楼で奉公すればそうなるだろう。しかしこのような私的な取引で、三谷の家は潤うのか心配になる。

「そもそも妓楼に売られたところで、五千圓がそっくりそのまま郁子の家に入るとでも思っているのか？」

「違うのですか？」

津田さまは、驚く私を見てあきれ顔で首を横に振り、続ける。

「まずはあの女衒が一割ほど抜き――」

「一割？　連れてきただけですよ、あの男」

「そうだな。しかし妓楼に少しでも高く売り、証文をかわすにはそれなりの知識がいる。下衆《げす》な知識だが」

顔をしかめて言い放つ津田さまは、腕を組んだ。

「それに、遊女が使う衣装や布団などは自腹だ。五千圓からそうしたものがどんどん引かれていく。まあ、五千圓とは破格だから、他の遊女よりは残るだろうがね」

遠くを見つめたまま顔色ひとつ変えずに淡々と話す彼は、吉原にはくわしそうだ。よく遊んでいるのだろうか。

私は自分の考えが浅はかだったと反省していた。

「そう、でしたか」

「女衒たちがそのような話を最初に明かすわけがないし、大概は、遊郭に入ってから受け取る金の少なさに愕然とするものだ。しかし後悔してももう遅い。あの大門をくぐったあとなのだからね」

話し終えたところで車夫を止めた津田さまは、背広の内ポケットからお金を取り出し、車夫に渡す。

「そこであんぱんをひとつ買ってきてくれ」

あんぱん？　好きなのかしら。

朝早いため商店のほとんどが閉まっていたが、甘い香りが漂ってくるあんぱん屋だけはのれんが下がっていた。

車夫ができたてのあんぱんを買って戻ると、津田さまはそれを私に持たせる。

「あの……」

「顔色が悪い。飯がのどを通らなかったのではないか？」

その通りだ。五千圓近い借金が発覚してその取り立てが続き、ろくに食事をとっていなかったところに、女衒が現れてあれよあれよという間に私の身売りが決まった。

無論、遊女に身を落とすと決まって食欲が湧くわけもなく、昨日はなにも口にしていない。

「店が開いていないから、あんぱんで我慢しなさい。あとでもう少しうまいものを用意しよう」

「私のために？」

うまいものを用意って、どこに連れていくつもり？

「これからどちらに？」

「とりあえず、私の家に。子爵令嬢が女衒と一緒だった理由に興味がある。私は郁子を買ったのだから、聞く権利はあるだろう？」

もちろん、権利はあるけれど……。

「あんな大金、大丈夫なんですか？　さっき、うしろにいらっしゃった方は……」

矢継ぎ早に質問している途中で、グゥーと腹が鳴り、「安心してまずは食え」と笑われた。

優しい笑い方をする人なのね。

大門から出てきたときの感情をなくしたような冷めた表情とは違い、頬を緩める彼に安堵《あんど》して、あんぱんをパクリと大きな口で頬張った。

大きめのあんぱんをすべて胃の中に収めた頃、東の空から完全に太陽が顔を出してまぶしいほどに私たちを照らしだした。

津田さまに引き止められなければ、今頃妓楼で値踏みされていたんだわ。

覚悟を決めて吉原に向かったつもりだったのに、今さら震える。

なぜ助けてくれたのか聞きたかったが、彼は私があんぱんを食べている間に目を閉じて眠っているようだ。

妓楼ではお眠りにならなかったのかしら。朝まで同衾《どうきん》していたから？

そんなことを考えて小さな溜息をついた。

「旦那、着きましたよ」

車夫が足を止めて津田さまに声をかけたのは、立派な二階建ての日本家屋の前だった。瓦葺《かわらぶき》の切妻《きりづま》屋根の棟門の向こうには大きな松が見える。

「あぁ、ありがとう」

車夫に料金を支払った津田さまは、先に降りて私にスッと手を差し出す。女性の扱いに慣れているのは、上流階級で育った証だろう。

「こちらは？」

「津田家の別宅でね。今は俺が使っている」

〝私〟から〝俺〟になったのに気づいたけれど、特に指摘はしなかった。単に他に誰もいなくなって素が出たに違いない。

「津田家……」

このような大きな別宅を構えられるほど立派な家の人なのだろうか。

津田さまは門の戸を開けて入っていく。すると、和風建築のお屋敷の二階には簀子《すのこ》縁が見える。

好奇心が疼《うず》く私は、お月見でもしたら楽しそうなんて呑気《のんき》な考えが頭をよぎったが、素直に彼についていってもよいものかと顔をひきつらせた。

「どうした？」

「……いえ」

「腹が減った。飯にしよう。春江《はるえ》」

彼は玄関の戸を開けて、家の中に向かって声をかけている。

春江というのはおそらく女中だろう。

私にあんぱんを買ってくださったのに、自分はお腹を空かせていたの？　一緒に食べればよかったのに。

いや、紳士が人力車であんぱんをかじるなんてみっともないか。私はあまりの空腹に負けて食べてしまったけれど。

見ず知らずの私をあっさり家に上げる津田さまの警戒心のなさになんとなく安心した私は、彼を追いかけるようにして玄関に足を踏み入れた。しかし津田さまはすぐにどこかに姿を消してしまった。

玄関の土間をふらふらと進んでいくと、炊事場が見える。そこは火《ひ》袋《ぶくろ》――吹き抜けになっていた。

かまどの火はすでに消えていて、おいしそうな味噌汁《みそしる》のにおいが充満している。

「あ……」

背後で女性の声がして振り向くと、四十代くらいのふくよかな女性が私を見つめてぱちぱちと二度瞬きした。

春江さんかしら。

「すみません。素敵な家だったのでつい見入っておりました」

「いえ。敏正さまは奥座敷にいらっしゃいますよ。ご案内します」

春江さんは踵《きびす》を返したが「待って」と止める。

「なんでしょう?」

「このお料理、運ばれるんですよね。ついでに持っていきましょう」

「客人にそのようなことはさせられません」

春江さんは激しく首を振っているものの、私は津田さまに助けてもらった身分。決して客ではない。

「気にしないでください。お手伝いします」

「はぁ……」

困った様子の春江さんだったが、私が「お椀はどちらに?」と尋ねるとテキパキと動きだした。

「敏正さまは、朝はあまりお召し上がりになりませんので、品数も少なくて。……えぇっ

と、私は春江と申しますが……」

「申し訳ありません。三谷郁子と申します」

改めて腰を折ると、「あぁっ、頭を上げてください」と慌てている。

「三谷さまがいらっしゃるとわかっていれば、もう少し準備したのですが」

「私は突然お邪魔したんですし、なくても平気ですよ。それと、郁子で十分です」

「それでは郁子さま。なくてもいいだなんてとんでもない。それに一橋《ひとつばし》さまがお越しになるときもあるので、余分に作るのですよ。お口に合えばぜひ召し上がってください。敏正さまからも用意するようにと申しつけられていますし」

まさか、遊女に身を落とす寸前だった私に、これほど親切にしてもらえるとは。

「ありがとうございます。それでは遠慮なく。……あの、一橋さまというのは？」

知らない名が出たので、味噌汁をよそいながら尋ねる。

「津田紡績で、秘書をなさっている一橋さまです。社長の奥さまの弟君でして」

「津田紡績!?」

もしかして津田さまは、あの津田紡績の社長のご子息？

驚きすぎて手が止まった。

　津田紡績といえば、明治時代に飛ぶ鳥を落とす勢いで売り上げを伸ばし、政府も一目置いているというとんでもなく大きな紡績会社だ。第一次世界大戦時には、戦場となり東アジアや東南アジアへの輸出が止まった欧州に代わって、さらに業績を伸ばしたことで知られている。

「ご存じありませんでしたか？」

　私がコクコクとうなずくと、春江さんのほうが驚いた様子だ。

「この家は、先代の社長──つまり敏正さまの祖父にあたられる方が幼少の頃にお過ごしになった邸宅で、会社が大きくなり、何倍もある立派な洋館をお建てになってからは空き家だったんです。そこを敏正さまが気に入られて、お住まいになられるように」

　何倍もある洋館……。

　ここも十分すぎるほど立派なのに。

「それでは津田さまは津田紡績で働いていらっしゃるんですか？」

　椀を膳に置いたあと尋ねる。

「はい。二年前に帝国《ていこく》大学をご卒業になり、今は一橋さまのもと、会社について学ばれていらっしゃいます」

「えっ？　もっと年上でいらっしゃるかと」

ということは、まだ二十三歳くらいなの？　落ち着いて見えたので、これまた驚愕だった。

「はい。高等学校に在籍されている頃から経済や外国語を学ばれ、社長について社交界にも顔を出されていましたので、同じ歳の方よりは大人びていらっしゃいますね。本当にしっかりした方で、私も失礼ながら感心しているのですよ」

春江さんはご飯を盛りながら、自慢げに話を続ける。

「あの、郁子さまは敏正さまとどういうご関係で……。もしや、想い人でいらっしゃいますか？」

「あ……」

春江さんが目を輝かせて質問してくるので返答に困る。

まさか、今頃妓楼に売られていたはずの没落華族で、津田さまにお金で買われたとはとても言いだせない雰囲気だった。

「遅いと思ったら……。女は話が好きだな」

言いよどんでいると、背後から津田さまの声がしてビクッとする。

「申し訳ございません。すぐに」

春江さんは箱膳を整えて慌てて奥座敷に向かった。

「郁子はなにをしている？」

「なにを、とは？　お手伝いです」

素直に答えると、紺絣《こんがすり》の着物に着替えている津田さまは私をいぶかしげな目で見つめる。

「俺が金で買ったからか？」

「いえっ。私、こうしたことが好きで。いけませんでしたか？」

三谷家でもあまりいい顔はされなかったが、家計が苦しくなってきてから女中の数を減らしたため黙認されていた。

「いや、それならいいんだが。俺は郁子を女中にしたくて金を出したわけではない。それ、持ってこい」

それならどうして、五千圓ものお金をとっさに積んでくださったのかしら。

彼は私の分の箱膳をちらりと見て、指示を出してから戻っていく。私は慌てて続いた。

年季は入っているが美しく磨かれた飴色《あめいろ》の廊下を歩いていくと、立派な日本庭園が広がっていて目を奪われる。

五月の今は、大きなハナミズキが白い花を咲かせていた。

「わぁ、ハナミズキ……」

足を止めて思わずつぶやく。すると津田さまも立ち止まり、視線を庭に移す。

「ハナミズキは、秋には赤い実をつけ紅葉するから長く楽しめる。六年ほど前にワシントンから桜のお返しとして贈られた樹木だ。そのときの一本がこれになる」

「え……」

そんな貴重な木だったの？　さすがは津田紡績だ。

「津田さまは博学でいらっしゃるんですね」

「敏正でいい。堅苦しいのは好かん」

彼はそう言い捨てて、再び足を進める。

途中で春江さんが戻ってきて私から箱膳を取り上げ、せわしなく奥座敷へ運んだ。

案内された奥座敷は十二畳の広さで、上等な床の間もある。

「素敵な家」

ふんわりと漂う井草の香りが心地よくてつぶやくと、敏正さまは箱膳の前に腰を下ろした。

「だが、古いだろう？　まあ、そこを気に入っているのだが」

「私も好きです」

最近は西洋建築が流行していて、華族は競うようにして建てている。三谷家もそうで、絨毯《じゅうたん》を敷き詰めた客間が自慢だった。けれども私は、慣れ親しんだ畳の部屋が好きなのだ。

「物好きだな」

「私が物好きでしたら、敏正さまもですね」

そう口にすると、彼は私をじっと見つめる。

しまった。失礼な発言だったかしら。

焦ったものの、彼がふと表情を和らげたので怒っているわけではなさそうだ。

「座りなさい。それと、敏正さまも改まりすぎだ。せめて〝さん〟くらいにしてくれ。

俺は、そんなたいそうな人間ではない」

「……はい。それでは、敏正さんと呼ばせていただきます」

私も郁子さまと呼ばれるのは好きではないので納得して、敏正さんの対面に置かれた箱膳の前に腰を下ろす。

「郁子とは嗜好《しこう》が似ているようだ。ハナミズキもこの家も俺の自慢なのだ」

それを聞き、小さな喜びが胸に広がる。気の合う人というのはなかなか見つかるものではないからだ。

「そうでしたか」

「うん。まずは腹ごしらえをしよう。食べなさい」

「はい。いただきます」

三谷の家にいた頃のように背筋を伸ばして手を合わせる。そして、箸を手にした。

「おいしい」

豆腐の味噌汁は優しい味だった。

食事をゆっくり味わえたのは久しぶりだ。三谷家に借金取りがひっきりなしに訪れるようになってからは、なにを食べても味がせず、すぐに自室に引っ込んでいたからだ。

「そうか。よかった」

同じように味噌汁を口にする敏正さんは、頬を緩めて食べ進める。

夢中で食べ終わると、すでに彼の器は空になっていて、私をじっと見ていた。

「なにか？」

「さすが三谷家令嬢だ。所作に抜かりがない」

「えっ。あまり見ないでいただけると……」

そんな観察をされていたとは知らず、たじろぐ。

「俺は褒めているんだぞ。これだけの礼儀作法が身についていれば、五千圓というのもうなずける」

その言葉を聞いた私は箸を置き、手をついて頭を下げた。

「先ほどは助けていただきありがとうございました。ですが、私にも三谷家にも五千圓という大金を返すあてがございません。吉原で働くしか……」

私が漏らすと、彼は、はぁーと大きな溜息をつく。

「吉原がどういう場所か、本当にわかっているのか？」

「男が女を買う場所ですよね。上級遊女ともなると、かなりのお金を稼ぐとか。今すぐお金を用立てなければ、三谷家は取りつぶしになります。妹や弟が……」

「そうか、きょうだいがいるのか」

敏正さんは納得したように相槌《あいづち》を打った。

「郁子がきょうだいの将来を考えて吉原に行こうとした心意気は認める。しかし、お前が考えるほど甘い場所ではない」

彼は私に一瞬目を合わせたあと、庭に視線を移してから話し始めた。

「郁子が言う通り、ひと晩で百五十圓ほど稼ぐ花魁《おいらん》も中にはいる。だが、衣装、自分付の新造や禿《かむろ》の世話をするための金も、みずからの稼ぎで捻出《ねんしゅつ》しなければならない。だから、新たな借金を重ねるのも珍しくない世界だ。おまけに女衒から受け取る金は借金だ。利子が高すぎて年季が明けるまでに返せない者はいくらでもいる」

「えっ……」

新たな借金？　年季が明けるまでに返せない？

懸命に働けば、年季明けを待たずして吉原から出られると思い込んでいた私には衝撃だった。

「そのため、吉原から出たあとは下級遊女に身を落とす者も珍しくない」

「そんな……」

吉原から出ても、まだ遊女として働くの？

唖然《あぜん》としていると難しい顔をした彼は続ける。

「一旦吉原に足を踏み入れた女が出る方法は三つしかないが、知っているか？」

「三つ……。ひとつは年季が明けることですよね。あっ、あとは身請けがあるとか」

そう聞いた覚えがある。

「そうだ。年季についてはさっき話した通り。十年ほどで年季明けとなることが多いが、その頃には借金が膨らんでいたなんて事例も多い。外に出られても、さらに下級の遊女に身を落とす者もいるし、うちは紡績会社を営んでいるのだが、女工として働いている者もいる」

そうか。津田紡績の女工にも、そういう人がいるのか。だから身近なのかもしれない。

「多くの客と同衾し、体が傷ついた女を嫁にしたいと申し出る男はなかなかいない。せいぜい吉原の出入りの業者と結婚するくらいだろう。女としての幸せは望めないと思ったほうがいい」

つまり、年季が明けたあと、結婚して家庭を持つという夢は閉ざされてしまうの？

「次に身請けだ。遊女に入れあげた男が大金をはたいて女を引き取ることを言う。この身請けを待ち望んでいる遊女は多い。しかし、幸福な例ばかりではないのだ。遊女は、身請けの相手を自分では決められない。場合によっては一生嫌いな男のご機嫌を取りながら妾《めかけ》として生きていかねばならぬこともある」

一生……。そんなの、嫌だ。なんのために生まれてきたのかわからない。

「身請けされたものの心に決めた男、いわゆる間夫《まぶ》への思いが断ち切れず、大金を出した男の逆鱗《げきりん》に触れて殺された事件もあったな」

「殺され……」

思いがけず殺伐《さつばつ》とした言葉が出てきて、背筋が凍る。

「あぁ。身請けが決まって喜ぶ遊女もいるが、反面、嫌で自死する者もいるのが現実だ」

吉原の闇の部分をはっきりと突きつけられて、目が泳ぐ。

地獄であるとわかっていたはずなのに、息が苦しいほど心臓が暴れだした。

「そして、吉原を出る最後の方法は」

彼は一瞬言いよどみ、眉根に深いしわを刻む。

「死だ」

「死？」

「遊女は、年季が明ける前に病に倒れて死ぬ者がかなりいる。間夫と駆け落ちしようとする遊女もあとを絶たないが、間違いなく捕らえられて折檻《せっかん》され、亡くなることも多い。死体としてなら、吉原を出られる」

全身に鳥肌が立ち、動揺を隠せない。

必死に働けば数年で借金を返済できて、また元通りの生活が送れるものだと思い込んでいた私が浅はかだった。あまりにも世間を知らなさすぎた。

「一旦足を踏み入れたら、この三つしか出る方法がない場所だ」

冷静に告げる敏正さんは、私の目をまっすぐに見つめて心の中を探るかのように視線をそらさない。

「考え足らずでした。助けていただき、ありがとうございました」

私は畳に額をこすりつけてお礼を口にする。彼の話が本当ならば、私は命を救われたのかもしれないと感じたからだ。

「郁子。俺はなにも礼を言ってほしいわけでは」

焦ったような声とともに、隣に来た敏正さんに「頭を上げなさい」と肩を持ち上げられた。

「子爵家に育ったとあらば、そのあたりの事情など知らなかっただろう。きょうだいのためにという郁子の覚悟は潔いが、自分も大切にしなさい」

とても帝大を卒業して数年とは思えない落ち着き払った言葉にうなずく。

「敏正さんは、どうして私を助けてくださったんですか？」

津田紡績がどれだけ繁盛していても、五千圓もの大金を見ず知らずの女にポンと払うとは思えない。しかし、彼と面識はない。

「三谷茂子爵の奥さまは、津田紡績の副社長、一ノ瀬《いちのせ》さんの奥さまのご学友なんだ。一ノ瀬さんと父は幼き頃からの親友で、家も目と鼻の先にある。三谷子爵の奥さまが一ノ瀬邸に遊びに来られたときに俺も数回お会いしたことがあって、随分かわいがっていただいた」

母を知っているの？

思わぬつながりに目を瞠《みは》る。

「二年ほど前に亡くなられたと聞いたが……」

「はい。病で」

「残念だ。だから、郁子が妹や弟の親代わりをしていたんだね」

その通りなのでうなずいた。

女中がいるので身の回りの世話に困るようなことはなかったけれど、やはり母の存在は大きく、特にまだ小学生の弟は相当まいってしまった。だから笑顔を絶やさず必死に踏ん張ってきたつもりだ。

「それなのに遊郭か……。お父上を悪く言って申し訳ないが、さすがにひどすぎる仕打ちだな」

「妹や弟は寂しい思いばかりしています。せめて学校で友人たちと楽しむ時間は残してあげたくて。ですので、敏正さんがお金を出してくださるのは本当に助かります。でも、母をご存じだというだけで出していただける額ではないのではありませんか？」

五千圓は大金すぎる。

「さすがに五千圓を即決したとなれば父に大目玉を食らうだろうが、後悔はない。郁子が助けられて当然と思うような傲慢な人間であれば、失敗したと感じたかもしれないが、自分で膳を運ぶような女だし」

まさか、助けられて当然だなんて思うわけがない。

ただ女学校には、甲斐甲斐《かいがい》しく働くお付きの人に文句ばかりぶつける学友もいたなと思い出した。

「それに、驚いたのだよ。『余計な憐みはいりません』と凛《りん》とした表情で叫んだ郁子にね。俺の周りは、男であっても自分の意見を主張しない者が多くて歯がゆい。相手の顔色を見て発言をころころ変えるやつばかりだ。少々うんざりしている」

「それは、敏正さんが大きな会社の社長のご子息だからでは？　気を使うのはあたり前ではありませんか？」

思ったことを口にすると、彼はクスクス笑いだした。

「郁子は俺が津田紡績の後継ぎだと知っても、言いたい放題だが？」

「あっ、申し訳ありません」

「あはは。謝る必要はない。それがいいと言っているんだ。会社では仕方がないが、私的な場所でまで気を使われるのは息苦しくてたまらない」

たしかに私もそうだった。自分の家であっても、父の前ではたおやかな作り笑いを浮かべ、気品高い令嬢を装わなければならなかった。あれは、窮屈で実に無駄な時間だったと思う。

しかしそれが華族に生まれた者の運命だと思っていたので、敏正さんのような考えの持ち主に出会って驚くとともに、強く共感している。

「津田家は、財はあるが爵位は持たない。しかし母は子爵家の出で、先ほど吉原で一緒にいた一橋孝義《たかよし》さんは母の弟。子爵を継いでいる。でも、俺の周りで爵位がどうだと口にする者はいない。実力がすべてだ」

これから日本は、そういう方向に向かうのかもしれない。だって、三谷家は子爵というたいそうな称号は持っているのに、娘を遊郭に売らなければならないほど落ちぶれているのだから。

津田家と三谷家のどちらが立派かと聞かれたら、間違いなく津田家だろう。

「あっ、孝義さんは優秀な人だよ。父が俺の教育係に指名したくらいだしね」

そう付け足す彼は、きっと優しい人だ。

「敏正さん！」

そのとき、廊下の床がきしむ音がして男性の声が聞こえてきた。

「あぁ、噂《うわさ》をすれば……」

敏正さんがつぶやくと、その一橋さんが姿を現した。凛々《りり》しき一字眉を持つ彼は、三つ揃いに身を包んでいる。

「あっ、すみません」

私を見た彼は、改まって廊下に正座した。

「三谷郁子でございます。先ほどはお見苦しいところをお見せしました」

私は体を一橋さんのほうに向けて頭を下げた。

「いえいえ。まさか三谷子爵のお嬢さんだとは。私は敏正さんの教育を任せられております一橋孝義と申します。敏正さん、嫌々でしたが妓楼にお泊まりになってよかったですね」

「はい。腹は立ちますが、あの女好きの官僚に感謝しないといけなくなりました」

嫌々？　官僚？

話が読めない私は首をひねる。

一橋さんは部屋に入ってきて、私たちの前にあぐらをかいた。

「女衒には少々金を握らせましたが、五千圓は女衒を通さず直接三谷家とやり取りできるように手はずを整えてきました」

一橋さんの言葉に目を見開く。

敏正さんの話では、女衒が一割引き、なおかつ身の回りの品をそろえて残った額しか入らないと聞いたのに、きちんと五千圓用意してくれるの？

「さすがは孝義さんですね」

「ありがとうございます。ですが、こんな勝手な真似をして、社長の雷が間違いなく落ちますよ」

「父上は出来の悪い息子だと承知されていますよ」

叱られると話しているのに、敏正さんは意に介する様子もなく笑っている。

はぁ、と溜息をつく一橋さんは、次に私と目を合わせた。

「いくら敏正さんが即決なさったからといって、五千圓を三谷家にお支払いするからには、三谷家のご事情をくわしく調べさせていただかねばなりません」

「はい。当然です。それに、遊女以外でしたらどんな仕事でも致します。お金は必ずお返ししますので、どうかお仕事をあっせんしていただけないでしょうか」

津田紡績ほどの大きな会社の人ならば働き口の紹介など造作もないのではと懇願す

ると、一橋さんは目を丸くしている。

「敏正さん、どんなお話をされたのです？　郁子さんに働いて返せと？」

「そんなわけないでしょう。郁子は少々はやとちりがすぎる女のようで」

敏正さんはあきれ顔をしている。

はやとちり？

「郁子さん。残酷なことを申せば、五千圓は、たとえばうちの工場で二十年飲まず食わずで働いても返すのが難しい金額です。ましてや、三谷家がこれ以上借金を重ねない保証はありません」

「また借金を？」

一橋さんの言葉に衝撃を受けていると、彼は大きくうなずく。

「失礼ですが、三谷家は商売のイロハもわからないのに、大きなビルヂングをお建てになると耳にした記憶がありますが」

「その通りです。父が細々と始めた三谷商店に関わっていた方から、どうせやるなら大きな会社を設立したほうがいいと助言されて、丸《まる》の内《うち》に立派なビルヂングを建てる計画が持ち上がり施工が始まったのですが、途中で資金が足りないと言いだされて……」

父が金策に走り、とんでもない額の借金を抱えることになった。しかも、第一次世界大戦が終わり景気が後退し始めたため商売もうまくいかなくなり、私の身売りの話が出るまでに落ちぶれたのだ。

「その男、におうな」

敏正さんが口を挟むと、一橋さんも「ですね」と納得している。

「におうとは？」

「おそらく、その男が建設会社とつながっていて、失礼ながら世間をあまりご存じではない三谷家から金を巻き上げる算段だったのだろう」

「そんな……」

敏正さんの返事に、頭が真っ白になる。

「建設費がべらぼうに高いのではないか？　孝義さん」

「もうすでに調査を入れる手はずになっています」

「さすがですね」

父はその男にだまされていたの？

衝撃で絶句した。

「郁子、大丈夫か？」

「は、はい」

敏正さんが助けてくれなければ、だまされて借金を背負わされた挙げ句、遊女に身を落として、最悪の場合死んでいたかもしれないのだから、気持ちの整理がつかない。

「さて、せっかくの休みだが、実家に行って叱られてこよう。郁子は二階の部屋でひと眠りしなさい。どうせ寝ていないのだろう？」

敏正さんは立ち上がり、部屋を出ていった。

「あ、あのっ。叱られるなら私が」

ハッと我に返り、残っている一橋さんに訴えると、クスリと笑われる。

「社長は懐《ふところ》の深いお方ですので、心配いりません。雷は落ちるでしょうが、副社長の奥さまの縁があるので認められるでしょう。きっと大丈夫」

本当に？

遊郭で働く決意までしていたというのに、なにもできない自分の無力さが嫌になる。

「私……どうお礼をしたらいいのか」

「これからについてはゆっくり考えましょう。まずは体をお休めください。敏正さんが預かられたのですから、もう心配いりませんから」

まだ若い敏正さんにどれほどの力があるのか知らないけれど、簡単にだまされてしまう父よりずっとしっかりとした考えを持っているように感じる。

「……ありがとうございます。あっ、でも敏正さんも眠っていらっしゃらないのでは？」

人力車で居眠りしていたし。

「あはは。朝まで女遊びをしていたと思われているのですね」

「違うんですか？」

遊郭で他になにをするの？

「はい。昨晩は、輸出入に関わっている政府要人の、いわば接待でお供しただけです。敏正さんは女を金で買うなんてもってのほかだと思っていますからね。それでも仕事ですから、相手が望めば行くしかありません」

「え……」

接待だったの？　そうとは知らずに軽蔑の眼差しで見てしまったわ。

「昨晩は、私とふたりで雑魚寝《ざこね》でしたよ。あっ、もちろん私たちはそういう関係ではありませんので誤解なきよう」

クスクス笑う一橋さんを前に、頬が赤らむのを感じる。

「敏正さんはまだ見習いのような立場で、社長のそばで仕事を覚えている最中です。そのため役職についてはいらっしゃいませんが、すでに事業の方針などに口を挟まれています。社長が幼い頃から仕事を見せてこられたおかげでしょう。三谷家の件に関しても知恵を絞られるはずです。ですから、もう肩の荷を下ろしてくださいね。それでは」

一橋さんはにっこり笑ってから部屋を出ていく。ほどなくして足音が聞こえたと思ったら、新しいシャツに着替えた敏正さんがネクタイを結びながら再び顔を出した。

「春江に二階の部屋に案内してもらいなさい」

「でも私、ここにいてもよろしいのですか？」

母が副社長の奥さまの学友というだけで、こんなに親切にしてもらえるなんて不思議でたまらない。

「もちろん。それともここでは不服か？」

「とんでもない。ですが、助けていただくいわれがありません」

本当のことを言えば、今は父に会いたくない。さすがに父は遊女の行く末を知っていたはずだ。それなのに、私をあっさり女衒に引き渡した父と顔を合わせて、笑っていられる自信がない。

「父は常々、自分の勘を信じろと話す。笑顔で嘘をつく人間はいくらでもいるからね。俺は、大門を前に毅然としていた郁子を美しいと思った」

美しい？

ネクタイを結び終わった敏正さんは、シャツの襟を正している。

「女衒は郁子を〝かなりの上玉〟と言ったが、俺もそう判断している。ただし、女としてではなく、人としてだ。救う価値のある人間だと勘が働いた。俺が手を貸す理由が欲しいのなら、そういうこととしか言いようがない。今は三谷家に帰りたくないだろう？　ここにいなさい」

命令口調なのは、私がうなずきやすくするためという気がしてならない。

「はい。ありがとうございます」

「うん。行ってくる。わからないことは遠慮なく春江に聞いて」

私は玄関に向かう敏正さんを追いかけ、正座する。

「見送りなどいいのに」

「いえ、これくらいさせてください。行ってらっしゃいませ」

「うん」

敏正さんは玄関先で待っていた一橋さんと一緒に、人力車に乗って去っていった。

「郁子さま、お布団の準備ができましたよ」

春江さんが奥で私を探している声がした。声のするほうに向かうと、「いたいた」と笑顔で迎えられて、なぜか涙がこぼれそうになる。

敏正さんも一橋さんも、そして春江さんも、今朝までなんの縁もなかった私を少しも嫌がる様子もなく受け入れてくれることに胸がいっぱいになったのだ。実父には捨てられたも同然なのに。

「どうされました?」

「いえ。親切にしていただけてありがたくて」

「なにをおっしゃいますか。敏正さまのお客さまなのですから当然ですよ。昨晩、眠っていらっしゃらないそうですね。二階に布団を敷きましたから、たっぷりお休みください。こちらです」

敏正さまのお客さま、なのだろうか。ただのお荷物としか思えないけれど。

私は複雑な思いを胸に、春江さんに続いて二階への階段を上がる。

「そのお着物ではしわになってしまいます。敏正さまがこちらをと」

八畳の間に通されたあと、春江さんが浴衣を差し出してくる。

藍《あい》色の縦縞模様の浴衣は、どう見ても男性用だ。

「こちらにしばらく滞在なさるとか。すぐにお召し物を用意するとお聞きしておりますので、今は敏正さまのもので我慢なさってください」

「我慢だなんて!」

それに、しばらく滞在すると敏正さんが言ったの?

「ここでは遠慮はいりませんよ。大変でしたよね。ご生家で折檻されていたそうで」

折檻? 敏正さんは春江さんにそんなふうに話したの?

私がここにいる理由を探られないようにしてくれたんだ。

「敏正さんがいらっしゃれば鬼に金棒です。もうなにも心配なさらず、ごゆるりとお過ごしください。それでは」

春江さんはまくし立てるように話し、すぐに部屋を出ていった。

敏正さんの、〝救う価値のある人間〟という言葉には目頭が熱くなった。

遊女の実態を知らなかったはずがない父に女衒に売られた私でも、敏正さんは手を差し伸べてくれる。その厚意を無下にはできない。

どうやら私を働かせようという気はなさそうだけど、できることを探して恩返しをしよう。

そう考えながら浴衣に着替え始めた。

やはり長すぎておはしょりで調節したものの不恰好だ。けれども、敏正さんの浴衣だと思うと、彼に包まれているような気がしてなぜか安心した。

ふと窓の外を覗くと、ハナミズキが手に届きそうなところにある。

「きれいね」

こんなに穏やかな気持ちになれたのは久しぶりだった。

三谷家が傾き始め、借金取りの姿を目撃してから不安しかなかった。

女学校に通えていたのは、父の華族としての見栄ゆえ。しかし、丸の内のビルヂングの建設がうまくいかないとわかり、私はみずから女学校退学を申し出た。

その後、退学手続きを待たずして女衒が現れ、遊女になる覚悟を迫られたのだ。

私は敏正さんへの感謝の気持ちを胸に、すーっと息を吸い込んでから布団に潜り込み、目を閉じた。

政略結婚へのいざない

時は大正十年。

第一次大戦が終結した大正七年以降、大戦景気が一転。戦場となっていた欧州の国々の生産物が世界中に出回るようになると、日本は輸出不振となり戦後恐慌が始まった。

三谷家が営んでいた三谷商店もその煽《あお》りを受けた会社のひとつ。決して大きな会社ではなかったけれど、つい数年前までは大戦景気に背中を押されて輸出量がうなぎ上りだったのに、ピタッと注文が止まってしまったのだ。

三谷家は子爵を賜《たまわ》ってはいるものの、時代が流れていざ商売をしなければならなくなると、商才などまったくないのが現実だった。

それでも見よう見まねで始めた輸出業が当たり、しばらくは羽振りがいい時代が続いたのだが、戦後恐慌で赤字を出すと立て直すすべもなく一気に落ちぶれてしまった。

それに加えて、取引先の男から丸の内にビルヂングを建てて会社を大きくすべきだと耳打ちされてその気になった父が、銀行に借金をしてまでビルヂングの建設に乗り出していたのだから、ひとたまりもない。

――行きたくない。吉原になんて、行きたくない！

吉原への身売りが決定した私が心の中で叫んだとて、当然誰にも届かない。けれど、まだ中学校に通う妹の泰子《やすこ》と、小学生の弟の貫一《かんいち》の前で、みっともなく取り乱せなかった。

それに子爵令嬢として育ってきた自尊心が、のどから出かかった言葉を呑み込ませた。

黙っていると、嫌らしい笑みを浮かべる女衒が「大した上玉だ」と値踏みしながら手を伸ばしてくる。

「嫌っ！」

ガバッと勢いよく起き上がると、西の空が茜《あかね》色に染まっている。

「夢？　ここは……」

三谷の家ではないのに驚いて辺りを見回し、敏正さんに助けられたことを思い出した。

「郁子、どうした？」

障子の向こうから敏正さんの声がする。私は乱れた浴衣を直してから、「なんでもありません」と答えて正座した。

「入るよ」

「はい」

静かに障子が開き、浴衣姿の敏正さんが姿を現す。最初に吉原で会ったときの背広姿とは雰囲気がまるで違うけれど、どちらも様になっている。

「疲れていたようだね。春江が昼飯のときに声をかけに来たそうだが、物音ひとつしないからそのままにしておいたと」

「申し訳ありません」

謝罪の言葉を口にすると、彼は私の正面にあぐらをかいてふと笑みを漏らす。

「謝る必要はない。寝ろと言ったのは俺だしね。やはり、少し大きすぎたか。子供のようだ」

どうやら敏正さんの浴衣を着た私を笑っているらしい。

私は襟を手繰り寄せて整え直した。

「子供のようですが……この浴衣に包まれていたせいか、なぜかとても安心できてぐっすり眠れました」

正直に告白すると、彼は目を瞠る。

「そ、そうか。それはよかった。少し顔色がよくなったね。腹は減らないか？　春江に――」

「お父上にお叱りを受けられたのでしょうか」

私は呑気な彼の言葉を遮って尋ねる。

「気にしているのか。そりゃあまぁ、『お前はまだ五千もの金を右から左にできる立場ではない！』と雷は落ちた」

「す、すみません」

お父上と面識はないけれど、その怒りの大きさは想像するに難くない。偶然すれ違っただけの敏正さんに、そのような役回りをさせてしまったのが申し訳なくて、顔が引きつった。

「難しい顔だね」

「私、敏正さんにとんでもない――」

それ以上言えなかったのは、彼の人差し指が私の唇をふさいだからだ。唇より幾分か低い体温の指に触れられて、鼓動が勢いを増していく。

「心配いらない。『よくやった』とさ」

「は？」

発言の意味がわからず、場違いな声が漏れる。

「あははは。今の顔、なかなかいい。郁子はここにしわを刻まないほうが美しい」

私の額を軽く二度つついた彼は、なぜか楽しそうだ。

「う、美しいなんて。それより、よくやったというのは……」

「父は、もし郁子の遊郭入りをただ指をくわえて見ているだけだったら、勘当していたと話していたよ」

「か、勘当？」

どうしてそうなるの？

「父は他人に受けた恩は、恩で返せというのが口癖なんだ。副社長の奥さんの章子《あきこ》さんは、実は副社長との結婚前に好きでもない男に嫁がされた経験があって、暴力を振るわれていたんだが――」

「暴力？　ひどい！」

女性にもそれ相応の権利をと叫ばれるようにはなってきたものの、いまだ戸主《こしゅ》である男性の権力は絶対的だ。しかも、母たちの青春時代だったらなおさらだろう。女は黙って従うしかなかったのだ。

「あぁ。女学校で親しくしていた郁子の母上は、結婚した章子さんの家を訪ねて様子がおかしいと気づいて、幼なじみだった父や一ノ瀬さんに伝えに来てくれたんだ。それを機に暴力が明るみに出て、章子さんは離縁できた」

そんな話は初耳だ。

「母上は、章子さんの命の恩人なんだよ」

「そう、でしたか。まさかそのようなつながりがあるとは」

とはいえ、やはり私は関係ないような気もする。

「ですが、津田家に助けていただくのは筋違いな気がして……」

正直な胸の内を話すと、彼は小さく溜息をついて腕を組む。

「俺の勘では不足か」

「そういう問題ではございません。五千圓ものお金を昔の恩があるから払うなんて、そのせいで津田家が傾いては困ります！」

少しムキになって訴えると、彼は口元に手を当てて肩を震わせている。

「それを心配するのは津田家で、郁子がするのはおかしいだろう？　まるで払わないでくれと言っているように聞こえるが」

「あ……」

そういうことになるのか。けれども、津田家に迷惑がかかっては申し訳ないという気持ちが募り、どうしたらいいのかわからないのだ。

「私はどうすれば……。せめて働き口を紹介してください。飲まず食わずとはいきませんが、二十年でも三十年でも働きます。女工でもなんでも致します」

一橋さんはそれでも返済は無茶だと話していたけれど、他に方法がない。

「郁子がどれだけ働いても、父上が借金を重ねたら水の泡だ」

「それは、商売から身を引いてもらえるように、父を説得して……」

「職を失えば、妹や弟が路頭に迷うぞ」

一番痛いところをつかれて、黙るしかなくなった。

「心配するな。三谷家に五千払うが、ただ金を持っていくつもりはない」

「どういう意味でしょう」

「これは駆け引き。三谷商店の経営が軌道に乗れば問題ない話だ。五千圓などすぐに回収できる」

私には仕事の話は難しく、彼の発言の意図がますますわからない。

「だから、ここにしわを寄せるなと話しただろう？」

敏正さんは再び私の額に触れて笑みを漏らす。

「父には、一旦郁子を引き受けたのだからきちんと責任は取れと。それが津田家の人間としての矜持《きょうじ》だと、強く念を押された」

「責任？」

「父に試されているのだよ、俺は」

「試されているとは？」

どうして我が家のいざこざで、敏正さんが試されるの？

「柔軟に物事を考えられるか。なにを切り捨て、なにを手にすべきか判断できるか。まあ、津田紡績を継げるだけの器かどうかということをね」

彼は余裕の笑みを浮かべているが、私の頭の中は混乱するばかりで「はぁ」としか返せない。

「その呆けた表情もいい」

「ほ、呆《ほう》けてなど……」

話が呑み込めないだけだ。

「とにかく、乗りかかった船だ。悪いようにはしない。しばらく、三谷商店のことは俺に任せてほしい。信じてもらえればの話だけどね」

「信じてって……。今さら信じるなと言われても困ります」

知り合いの恩人の娘だからという理由だけで、叱られるのがわかっていてポンとお金を出し、食事までさせてくれる。

世間知らずの私には、人間の本質を見抜く力などない。だから、彼の思惑に邪《よこしま》な気持ちがある可能性はあるけれど、今は信じるという選択しかない。

「ははは。それはよかった。とにかく腹が減った。話はあとだ。あっ、孝義さんに頼んでおいた着物や浴衣が下に届いていたから着替えるといい。春江」

彼は立ち上がり、障子の向こうに顔を出して春江さんを呼ぶ。

「はい」

「郁子の浴衣を持ってきてくれ」

そして階下から聞こえた返事に、指示を出した。

「いえっ、私が取りにまいります」

用意してもらえただけでもありがたい。なにせ一文無しなのだし。

「子爵令嬢のくせに働き者なんだな。それでは一緒に行こうか」

「はい」

振り返った彼にとびきり優しい表情で微笑まれ、心臓がトクンと小さな音を立てたのはなぜだろう。

敏正さんが手配してくれた着物や浴衣は大量で、他にも日常の生活に必要なものがずらりとそろっていて目を丸くした。

「こんなに？」

「足りなければ言えばいい」

「私はひとつしか体がないのですよ。もう十分です！」

興奮気味に訴えると、彼はクスクス笑っている。

「郁子はおもしろいね。表情がくるくる変わる」

「申し訳ありません。はしたないですね」

遠回しにチクリと刺されたと思い頭を下げる。父にはよく、もっとおしとやかにしなさいと叱られていたからだ。

「はしたない？　楽しいのに、なぜ謝る。さて、着替えたら飯だ」

「はい」

立派な家庭に育った敏正さんだけど、少しも堅苦しくなくて意外なくらいだ。

以前、女学校の友人の家にお邪魔したときは、ご家族の前で粗相をしないようにと緊張していたのに、ここではその必要がまったくない。

一旦二階に上がった私は、滅紫《けしむらさき》色の生地に小豆《あずき》色の縦縞が入ったモダンな着物に急いで着替えて、朝食をとった奥座敷へと向かった。

「春江さん、お手伝いもせず申し訳ありません」

廊下で春江さんに出くわしたので謝罪すると「私の仕事ですよ？」と笑われる。

敏正さんも春江さんも一橋さんも、皆寛容な人たちばかりだ。

「お待たせしました」

座敷に足を踏み入れると、箱膳の前にあぐらをかいた敏正さんが私に視線を移した。

「よく似合っている。父や母が妹を着せ替え人形のようにして着物を着せるのを楽しんでいたが、その気持ちがわかるね」

「妹さんがいらっしゃるんですね。でも、比べられては困ります」

きっと素敵な方なのだろうに。

「郁子は母に似ている。母もせわしなく働いていないと気が済まない性分だし、おてんばといつも言われていたようだ」

そうなの？　だから私のような跳ねっ返りにも、臆せず接してくれるのかしら。

「座って」

「はい。失礼します」

敏正さんの対面に座ると、春江さんがお茶を淹《い》れてくれた。

箱膳には、牛肉のしぐれ煮、小松菜の胡麻《ごま》和え、里芋の煮つけと大根の味噌汁が並んでいて、久しぶりのお肉に思わず頬が緩む。三谷家では家計が傾いてから、野菜ばかりだったからだ。

「肉が好きか？」

「あっ。……はい」

しまった。牛肉ばかり見ていた。これでは子供のようだ。

「俺のも食うか？」

「い、いえっ！」

あぁ、恥ずかしい。食い意地が張っていると思われただろうか。

私たちのやりとりを見て口元を押さえて笑いを噛み殺している春江さんは、頭を下げてから出ていった。

「失礼だけど、孝義さんに三谷家について少し調べてもらった」

「はい」

宣言されていたし当然だ。でも、こんなに早いとは。

「随分、家計が苦しくなっていたようだね。女学校にはなんとか通っていたが、それも借金で結局は退学」

「お恥ずかしいです」

「食べながら話そうか」

敏正さんは私を促したあと、味噌汁に手をつけた。

「女学校は楽しかったか？」

「はい。勉強は難しくもありましたけど、新しいことを知るのは、こうわくわくして。女に学はいらないのはわかっていましたが、父が商売に四苦八苦しているのにはなんとなく勘づいていましたので、算術を身につけたら手伝えないかと思っておりました」

女学校では裁縫や琴、書道といった〝よき妻〟になるための授業も多かったが、私は算術が好きだった。算術が好きな生徒は珍しく、変わった人と言われていたけれど。

「立派な考えを持っていたんだね。それなのに辞めなくてはならなくなったのか」

「はい。あと一年で卒業でしたので、できれば通い続けたかったです。でも、退学して結婚していく人はたくさんいますし、私もそうなるかもしれないという覚悟はありました。退学の理由が変わってしまいましたが」

美人ほど早く見初《みそ》められて結婚となる事例が多かった。自由恋愛などと言われるようになった世の中だけど、華族の世界ではまだまだ〝家〟が重視されている。ほとんどの人が、親が決めた方との結婚を選ばざるを得ない。

「そう……」

彼は箸を止めてなにかを考えているようだった。

「とりあえず、当面の生活ができるように孝義さんが金を置いてきた」

「ありがとうございます」

私が深く頭を下げると「いいから。食べなさい」と笑われる。

「ただ、残りの金をお父上にすべてお渡しするのにはためらいがあってね。やはり、ビルヂングの建築をそそのかした男にきな臭い噂があるんだ」

「父はだまされたんですね」

尋ねると、彼は控えめにうなずいた。

「建築会社の上層部とつながっていて、親切な紳士を装って建築費用をつり上げるという手口で他にも金を巻き上げている事例があるようだ。それ以外にもいろいろ詐欺を働いている疑惑がある。お父上に全額お支払いしたら、その男にすっぽり抜かれるだろう」

「そんな……」

それでは三谷家はどうなるの？

「だから、三谷商店の経営とビルヂング建設に関しては、間に津田紡績を入れようと思っている」

「そんなことができるのですか？」

そのような考えはなかったため、驚愕の声が出る。

「あぁ。三谷商店とは業務提携をして、津田紡績にいる経理に明るい者が間に入ろう。建築の相場もよく知っているし、簡単にはだませまい」

「それは心強いです」

商売がうまいとは言えない父の味方になってもらえれば、百人力だ。

「銀行からの借入金は、こちらから直接銀行に返済するよう手はずを整える。あとは、当面必要な生活費は毎月必要な分だけお渡しする。厳しいが、お父上には見栄を張った贅沢な暮らしというものをあきらめていただこうと思っている」

「はい。もちろんです」

「その代わり、妹と弟の学費は孝義さんが責任をもってそれぞれの学校に納入してくれる。お父上が使ってしまわれないように」

なんてすばらしい案なの？

　父の発言は絶対なので、津田家から五千圓補填してもらえたとしても、父があのうさん臭い男の口車に乗せられたらそれで終わりだった。敏正さんが危惧《きぐ》するように、生活費までつぎ込んでしまうだろう。それすら予測して先手を打つ敏正さんの頭の回転の速さを感じる。

　津田紡績の跡取りにふさわしいか試されているというのは、こうした判断力や行動力についてなのかもしれない。

「重ね重ね、ありがとうございます」

　偶然吉原の大門で出会っただけの人に、抱えていた困難をすべて解決してもらえたようだ。しかも、たった一日で。

「そのほうがいい」

「えっ？」

「郁子は笑顔がいい。もう肩の荷を下ろして笑ってろ」

「はい」

　私は優しい命令にうなずき、彼とともに箸を進めた。

　春江さんが風呂の支度をしている間に椀を洗っていると、彼女は目を丸くして飛んできた。

「郁子さまはお休みください」

「さっきまで寝ていたのよ？　十分休んだわ」

これだけで済むはずもないが、せめて助けてもらった恩返しがしたい。

「働き者のお嬢さまなんですね」

クスッと笑いを漏らした春江さんが隣で手伝い始めた。

「あのたくさんのお着物、お返しできないかしら」

「返されるのですか？　どうして？」

春江さんは眉を上げて驚いているが、私としては当然だと思っている。

「あんなにいただけません。それに……私は実家に帰――」

「誰が帰っていいと言った」

背後から強い口調でくぎを刺したのは敏正さんだ。

「ですが」

三谷の家に手を貸してくれるというありがたい申し出までしてもらい、さらに私がここで厄介になる理由はない。

父の顔は見たくないが、帰るべきだ。

「帰さないぞ。俺は怒っているんだ」

「怒って？」

「あぁ。郁子の父上の行為は、郁子への侮辱。そのような人間のもとに戻すわけにはいかない。俺が眠れなくなる」

敏正さんの言葉に驚き、目を見開いた。

だって、俺が眠れなくなるなんて。それほど私の身を案じてくれているとは、意外だったのだ。

「郁子さま。私も賛成ですわ。折檻されていたご生家にお戻りになるなんてありえません」

春江さんが鼻息を荒くする。

そういえば、折檻から逃げてきたということにしてあるんだった。

「敏正さまはかなり頑固な方ですから、おあきらめになったほうがよろしいですよ」

敏正さんをちらりと見た春江さんは付け足した。

「私……」

「それとも、俺の言いつけなど聞けないと？」

挑発的な言い方をする敏正さんだったが、その声色は優しい。私が帰れないように仕向けているのだ。

「とんでもないです」

「それなら決まりだ。郁子。そんなに働くのが好きなら、俺の浴衣を用意してくれ。風呂に入るぞ」

「承知しました」

私が答えると、春江さんも目を細めて微笑んでくれた。彼女はまるで母のような温かさを持った人だった。


津田家での生活が始まり十日ほど過ぎた。

朝は五時半に起床してかまどに火をつける。

近所に住み、通いで女中をしている春江さんの負担を少しでも減らしたいと申し出たのだ。女中が住み込みでないのは珍しいが、さすがに敏正さんとふたりで暮らすのは気が引けたのだとか。

敏正さんは『女中ではないのだから、家事はしなくていい』と反対したものの、何度もお願いしたら『お前も頑固だな』と笑って許してくれた。

朝はあまり食べない敏正さんのためにおかゆをこしらえていると、春江さんが顔を出した。

「おはようございます。郁子さまは、お料理上手ですね」

「それほどでは。でも、嫌いではありません」

三谷家ではあまりしなかったものの、女中を減らしてからは手伝っていたので、少しはできる。

「郁子さまがここに来られてから、敏正さまが食事をすべて召し上がるようになったんですよ」

「これまではお残しになられていたの？」

「はい。高級料理店の味をご存じですから、物足りないのかもしれません」

そうではない気がした私は、首を横に振る。

「春江さんのお料理はおいしいと、いつもおっしゃっていますよ。外食は味が濃すぎると」

「まあ」

伝えると、春江さんの顔に喜びが広がる。

「おひとりで食べられていたんですよね。黙々と口に運ぶだけでは味気がなくて、食欲が湧かなかったのでは？」

「敏正さまも郁子さまもお優しくて、私は幸せ者です」

「私も幸せですよ」

三谷家のことは気になるけれど、ここでの生活はすこぶる順調で楽しい。

「ずっといてくだされぱいいのに」

「ありがとうございます」

そんなわけにはいかないと承知しているものの、春江さんの気持ちがうれしくて笑みがこぼれた。

朝食は敏正さんと一緒に。彼は少し寝起きが悪く、朝はいつも浮かない顔をしている。

「敏正さん、箸が進んでいませんよ。たまご焼き、お口に合いませんか？」

「はっ。脳が寝ていた。いや、うまいよ。郁子が作ったんだろう？」

若くして完璧そうに見えた彼だけど、意外と抜けているところもあっておかしい。

「はい。お疲れのようですので少し甘めにしました」

「まさか、郁子が料理をするとはなぁ」

「あら？　それは意外だったとおっしゃりたいのですね」

私が指摘すると、彼は〝しまった〟というような表情を見せる。

「まあ、正直に言うと……その通りだ。でも、いいほうに予測が外れていたのだからいいだろ？」

ムキになる敏正さんがおかしい。

「ふふっ。それならよかったです。それにしても、ここ数日お忙しいですね」

昨晩は、日をまたいだ頃に帰ってきて、入浴するとバタッと倒れるように居間で寝てしまった。それで私が二階の彼の部屋から掛け布団を持ってきてかけたのだ。

「少々頭の痛いことがあって」

敏正さんは気を取り直したように箸を手にしたものの、私を凝視する。

「今日、帰ってきてから話すよ。遅れると孝義さんに叱られる」

「はい」

一瞬の間が気になったけれど、たしかに出社の時間が迫っている。私は返事をして漬物を口に運んだ。

敏正さんを見送ったあとは朝食の片づけをして、春江さんと一緒に洗濯にいそしむ。

洗濯は三谷の家ではあまりしなかったが、大きなたらいでたくさんの浴衣を洗っていると夢中になり、楽しくなってきた。

「郁子さま、濡れた手で顔を触られたのでは？　泡がついていますよ」

「あっ、お恥ずかしい」

私が泰子たちの面倒を見ていたように、春江さんに手拭いで顔を拭かれて決まりが悪い。

けれども笑みが絶えないのは、自分が妹や弟の将来をなんとかしなければならないと知らず知らずの間に背負っていた重圧を、敏正さんが取り去ってくれたからだろう。

「私にも娘がいたらこれくらいだったでしょうね」

隣で浴衣を干す春江さんが漏らすのでふと視線を向けると、憂《うれ》いを含んだ表情をしている。

いつも明るくて私を包み込むような存在の彼女がこんな顔を見せるのに驚いた。

「どうかされましたか？」

「実は私、一度は嫁に行ったんです。子もすぐできたのですが流れてしまって、それからは授かれませんでした」

「そうでしたか」

笑顔に隠れた悲しい過去を聞き、胸が痛む。

「お腹に子がいるとわかったときは、そりゃあうれしかった。でも、体調を崩した私を怠《なま》け者《もの》だと決めつけた夫と義母は休ませてくれず、毎日家事に明け暮れていたら流れてしまったんです」

「そんな……」

怠け者だなんてあんまりだ。

「その後一年ほどは頑張ったんですけどね。結局後継ぎを生めないなら出ていけと離縁を申し立てられて承諾しました。もう限界で」

「それでよかったと思います。そんな屈辱、私なら耐えられません」

興奮気味に話すと、春江さんは「郁子さまならそうおっしゃってくださると思いました」と口角を上げる。

「それから津田家で女中として働き始め、敏正さまのお世話をさせていただきました。多分、女中の中では私が一番厳しく接しておりましたのに、帝国大学に進学されてこの家に移るとき、私を連れてきてくださったのは本当にうれしくて」

春江さんはそのときの光景を思い浮かべているのか、とても柔らかな表情をしている。

「どうして口うるさい私を指名されたのかとお聞きしましたら、『間違った行いを正してくれたでしょう？』と、平然とした顔でお話しになるんです。どういう意味なのかと思いましたら、『悪いことをしたら遠慮なく叱り飛ばしてくれた』と笑っていらして」

「まあ」

「それをしてくれるのは旦那さまと奥さまと私だけだと。第二の母のような存在だとおっしゃっていただけて……」

春江さんの声が震える。子を亡くした彼女にとって、どんな言葉より胸に響いたに違いない。

「郁子さま。敏正さまは仕事では別の顔をお持ちです。時には手段を選ばず目的を達成し、時には冷酷に突き放すような一面も」

吉原で出会ってから、一度もそんな姿を見ていないのでにわかには信じがたい。しかし、長く敏正さんを見てきた彼女が言うのだから、間違ってはいないのだろう。

「はい」

「ですが、それは敏正さまの本当のお姿ではありません。今後、そのような場面に遭遇されても、どうか敏正さまを信じてください。敏正さまは郁子さまがとても気に入っていらっしゃるようで」

「えっ？」

ピンと張り詰めた空気が、彼女のひと言で瞬時に緩む。

「私がお出迎えすると、不服そうな顔で『郁子はどうした？』と必ずお聞きになるんですよ」

「気に入ってなんて……。ただ、私がなにをしでかすかわからないから、はらはらされているんですよ、きっと」

「あははは。それもあるかもしれませんね。子爵令嬢が頬に泡をつけて洗濯など、聞いたことがありませんもの。郁子さま、今度は着物の袖が濡れていますよ」

「あ！」

どうやら洗濯に夢中になりすぎて、新たな洗濯物を出してしまったらしい。

「私から見ても愛らしいお嬢さまですから、敏正さまはなおさらでしょう」

「あ、愛らしくは、ないかと」

自分の不器用さに笑いながら、春江さんに促されて着物を替えに部屋に戻った。


その晩。敏正さんは少し早めに帰宅した。

「郁子、話がある。片づけは春江に頼んで、二階の俺の部屋に来てほしい」

夕食を一緒にとったあと膳を片づけ始めると、難しい顔をした敏正さんが私を呼ぶ。

「承知しました」

なにやら胸騒ぎを感じるのは、食事の間、彼の心がここにあらずだったからだ。

春江さんにあとを頼み、足早に階段を駆け上がる。廊下の窓からふと空を見上げると、先ほどまで西の空を朱《しゅ》色に染めていた太陽が完全に沈み、空には星が瞬き始めていた。

一体、なにかしら。

「郁子です」

私は彼の部屋の前で膝をつき、声をかけた。するとすーっと障子が開く。

「入って」

「はい」

十二畳の部屋には、机と本棚が置かれているほかはあまり生活感がなく、殺風景だ。桐箪笥がある隣の八畳の和室には彼の浴衣を取りに入ったことがあるものの、ここに足を踏み入れたのは初めてだった。

部屋の真ん中であぐらをかいた彼に差し出された座布団に座る。

こうして正面から向き合うと、目力のある彼に気圧《けお》されてしまう。食事のときより強い視線を送る敏正さんにたじろいだ。

「あの……」

「実は、三谷商店の経営、および新ビルヂング建設の件に津田紡績として正式に参入するという提案を、昨日幹部会に提出した」

そんな大事になっているの？　私はまた、社長がお許しになればそれで決定なのだとばかり思っていた。会社というものは難しい。

「社長は、この案件を俺に一任してもいいと言ってくれたが、学生の頃から仕事に関わっていたとはいえ、正式に入社して間もないのだから当然反対意見が出る」

「申し訳ありません。やはり五千圓もの大金を簡単には動かせませんよね」

いくら津田紡績でも、大金には変わりない。私が働いてなんとかしなくてはと考えていると、敏正さんが再び口を開いた。

「いや、金は問題ない。そもそもあの金は会社の金ではなく津田家が出したものだ」

「津田家が？」

「最初からそのつもりだ。父に叱られたのは、お前はまだそれだけの仕事をしていないのに、という意味だったんだ」

まさか、会社ではなく津田家が都合をつけてくれたとは。もう目が飛び出しそうだ。

「問題は今後。然るべき手を打たずして三谷家が再興するとは思えない。まずはあの建設業者と癒着《ゆちゃく》している男をなんとかしなければ、見境なくむしり取られる」

「はい」

それは以前にも聞いて納得している。

すでにビルヂングの建築に取りかかっている今、だまされているとは微塵《みじん》も思っていない父は、言われるままに金策に走り続けるだけだ。

「それで、前にも話したように津田紡績が提携という形で介入できればと思っていたんだが……」

彼は私から視線を外して、重い口を開く。

「三谷商店にその価値はないという判断だ。つまり、津田紡績が手を貸すだけの理由が見当たらないと」

それを聞き、仕事というものの厳しさを痛いくらいに感じた。その通りだからだ。

借金を重ねた挙げ句、だまされていることにすら気づかない。この先の見通しも明るいとはとても言えない。価値がないと判断されるのも納得だ。

父のような爵位を持つだけの素人が、安易に手を広げていいものではないと思い知らされた。

「副社長の一ノ瀬さんが、奥さまの縁を話してくれたんだが、やはりいい顔はされなくてね。無論、三谷商店を立て直す自信はあるし、一ノ瀬さんからも手を貸すと力強い言葉をもらっている」

立て直す自信があると言いきれる彼がまぶしい。けれども、これ以上負担をかけるわけにはいかない。

「敏正さん、ご尽力くださりありがとうございます。三谷商店はもう畳んでもらえるよう父を説得します。お金は私が働いて、何年かかってでもお返しします」

泰子や貫一の将来を思えば胸は痛むが、これ以上甘えられない。

「いや。父に試されていると話しただろう？」

「そうお聞きしました」

「三谷商店は、やりようによっては大化けする見込みがある」

きりりとした表情で語る彼は、大きく息を吸い込んでから「郁子」と私の名を口にした。

「はい」

「俺と結婚しよう」

一瞬頭が真っ白になり、言葉を失う。

今、なんとおっしゃったの？

敏正さんを呆然《ぼうぜん》と見つめたまま、何度も瞬きを繰り返す。

「俺の妻の実家となれば、おそらく幹部たちも了承するだろう。三谷商店は傾いてはいるが、幸い三谷家は子爵の称号をお持ちだ。結婚相手としても申し分ない」

結婚？　敏正さんと私が？

「ですが」

ようやく絞り出した言葉の続きが出てこない。

「政略結婚ということだ」

「政略、結婚……」

「郁子は嫌か？」

敏正さんは私の意思を探るように視線を合わせてくるけれど、私に選択権はあるの？　借金のかたに断れない婚姻を突きつけられたも同然だ。

「それでは、身請けと同じではありませんか？　私を馬鹿にされているのですか？」

私は感じたままを口にした。すると彼は少し驚いたように目を大きくする。

「まさか。ここは吉原ではないのだから、妓楼のように郁子を籠《かご》の中の鳥にするつもりはない。結婚したからといってなにも遠慮はいらないし、俺の言いなりになる必要もない」

私が身請けと口にしたからか、彼はそんなふうに話す。

遊女になりお金を積まれて身請けされ、生涯その男性に尽くすのとは違うと言っているの？

「でしたら、どうして？　敏正さんが私を娶《めと》る利点がないではありませんか」

「利点か……。戦後恐慌で津田紡績の輸出額が停滞している今、新しい事業に挑戦していかなければこの先の発展はない。今は三谷商店に価値がなくとも、価値ある会社に育てれば我が社も必ず潤う」

私は春江さんの『時には手段を選ばず目的を達成し』という言葉を思い出していた。

これは、私の、いや三谷家のための縁談なの？　それとも、敏正さんの職業人としての自負心を満たすためのもの？

自信満々に言い放った彼は、ふと表情を緩める。

「それに、女衒の手を払ったときのお前の目をどこかで見たと思ったが、下衆な男に触れられそうになったときの母の目と同じだ。肝の据わり方もね」

敏正さんのお母さまがどうして関係あるのだろう。

私が首をひねると彼は続ける。

「父が以前話していたんだが……会社の頂点に立つと、間違った道に走りそうになったときに、容赦《ようしゃ》なく叱ってくれる存在が必要になるらしい。父にとって母はそうした存在なのだ。きっと郁子もそうなるだろう」

「そんな過大評価をされても困ります。私は紡績についての知識などこれっぽっちもありませんから」

慌てて伝えると、彼は口の端を上げる。

「母はわけあって、女学校に通ったことすらない」

「えっ？」

華族の出身ではなかったの？

「無論、紡績についてなどまったく無知のはず。だが、たとえ政府の高官と対等に話ができる父相手でも、間違いをずばりと指摘するような人なんだ。郁子は先ほど『私を馬鹿にされているのですか？』と言ったが、津田紡績の跡取りの俺にそんな言葉を吐くのはお前くらいしかいない」

私は思わず手で口を押さえた。

熱くなると相手かまわず思いをぶつけてしまうこの性格をなんとかしなければ。

「申し訳ございません」

「そこが気に入って求婚したのに、なぜ謝る」

「敏正さんは、風変わりでいらっしゃいますね」

求婚などと改めて言及されて照れくさくてたまらない私は、適当な言葉を発してしまった。

「ははは。風変わりか。そうだな、風変わりだ。そんな俺との結婚は嫌か？」

「嫌では、ありませんが……」

敏正さんの私に対する解釈は置いておくとして、吉原の大門をくぐるほどの決意があったのだから、それに比べれば政略結婚くらいたやすいはずだ。

それに、いつかは父が連れてきた見ず知らずの男性と結婚するものと覚悟していたのだし、窮地を救ってくれた敏正さんなら申し分ない。いや、大企業の跡取りだなんて私にはもったいないくらいだ。

けれど、この胸の痛みはなんなの？

「無論、妻にするからには大切にするつもりだ」

彼は私をまっすぐに見つめて、きっぱりと言う。

「でも、結婚だなんて……」

提案されてすぐに、わかりましたと了承できるような問題ではない。

『妻にするからには大切にする』という言葉はうれしいけれど、まさか結婚と三谷家の再興を天秤《てんびん》にかける羽目になるとは思わなかった。

ううん。今頃遊郭で見知らぬ男に体を許していたはずなのに、天下の津田紡績の跡取りとの縁談なんて、ありがたいじゃない。

心が激しく揺れる。

「郁子の気持ちが整うまで待ってやりたい。でも、孝義さんに調べてもらったところ、建築会社への次の支払期限が目前に迫っている。それを津田家が肩代わりするのは可能だが、おそらくむしり取られて終わりだ。少しでも早く不正を指摘し、手を打ったほうがいい」

なにもかも敏正さんの言う通りだ。

どうしたらいい？　私はどの道を選べばいいの？

私はしばし考えてから口を開く。

「……承知、しました」

「郁子、いいのか？」

政略結婚を言いだしたのは敏正さんなのに、彼のほうが目を丸くしている。

「それは私の台詞《せりふ》です。三谷商店の立て直しのために私と結婚だなんて……敏正さんは後悔されませんか？」

私が問うと、彼は一瞬ハッとした表情を見せたものの、すぐに笑顔を作る。

「郁子と結婚しなくても、いずれはそういう話が持ち上がるだろう。時期が早まっただけだ。郁子とならうまくやっていけると思う」

まだ出会って十日あまり。しかし、女学校の友人の中には結婚が決まってから夫となるお相手と顔を合わせたという人もいたので、おかしくはない。

それに、敏正さんは優しいし、なにより私の命の恩人だ。

「ふつつか者ですが、どうかよろしくお願いします」

「うん。よろしく」

差し出された手を握ると強く握り返され、少し驚いた。

結婚を承諾すると、あっという間に状況が動き始めた。

春江さんは私たちの結婚に大賛成してくれて、『ずっとここにいてくださるんですね』と涙目で言うものだから、私まで瞳を潤ませるほどだった。

ただのお荷物だと恐縮していたのに、それほど歓迎されるとは。

結婚を決めてから二日。昼食が終わり部屋の掃除にいそしんでいると、一橋さんがやってきた。

客間に通してお茶を出すと、彼は正座をして頭を下げる。

「郁子さん。この度はご婚約おめでとうございます」

改めて祝福を受けると、敏正さんとの結婚が現実なのだと思わされて緊張が走った。考えれば考えるほど不安が出てくるのだ。

「い、いえっ。本当に私でいいのか……。敏正さんの人生を狂わせていないか心配で」

「正直言って、予想以上に結婚が早まったのには驚きましたが、お相手が郁子さんなら申し分ない。なにせ、郁子さんがここに来られてからの敏正さんは随分機嫌がいいですからね」

「機嫌が？」

一橋さんは顔をほころばせて楽しそうだ。

「はい。それまではいつも難しい顔をしていて、周りの者を寄せつけないようなところがあったんです。それが社長の若かりし頃とそっくりだと一ノ瀬さんが話していたんですけど、ここ最近は表情が柔らかいんですよ」

「そう、でしたか」

私はその気難しい敏正さんを知らないので、妙な気持ちだ。

「あれだけの整った容姿をお持ちで、なおかつ津田紡績の跡取りという地位まであって、しかもすこぶる優秀な方ですから、何度か将来の嫁にという申し出はありましたが見向きもしなかったのに。郁子さんとよほど気が合うのではないかと」

「気が……？」

たしかに、敏正さんと話をするのは楽しい。多少粗相をしても大笑いされて『郁子らしくていい』と言ってもらえるくらいだから、三谷家にいた頃より肩の力は抜けている。それが〝気が合う〟ということならば、私もそうだ。

「はい。結婚を即決するほどですし、間違いありません。それで、さっそく社長に婚約を耳打ちされまして」

「もう？」

「敏正さんの仕事の速さは有名ですから。社長はすこぶる驚いていらっしゃいましたけど、郁子さんにお会いしたいと」

そうか。結婚を承諾したものの、津田の両親に許可されるとは限らない。おそらく三谷商店を再興させるための政略結婚だと気づいているだろうし、反対される可能性だってある。

「そう、ですよね。ご挨拶させていただかなければ」

「浮かない顔をしてどうされたんですか？　心配いりませんよ。社長は寛容な方で、ご自分たち夫婦がすこぶる愛しあっておられるので、敏正さんが望まれるお相手を拒否なさることはないかと」

「愛しあって……」

それではご両親は自由恋愛で結ばれたのかしら。

「はい。弟の口から言うのも恥ずかしいのですが、社長は妻である姉を本当に大切にしてくださって。敏正さんが本邸を出てここに移られたのも、ふたりの人生を楽しんでほしいという気持ちからなんです。敏正さんはそんなご夫婦のもとで育てられましたから、きっと郁子さんを大切になさると思いますよ」

「ありがとうございます」

私は引きつった笑顔を作った。

そうは言っても、敏正さんが私を妻に所望したのは恋心からではない。

彼は、はっきり政略結婚だと口にした。自分の手腕を社長や会社の人たちに知らしめたいがため、三谷商店に関わりたいとも聞こえた。

いくら愛情あふれる家庭に育ったからといって、ご両親と同じように仲睦《なかむつ》まじく暮らせる保証はない。

けれど、妓楼で働かなくても済み、実家も守ってもらえるのだから、それ以上を望むのは贅沢だ。

そう考えてもなにか引っかかるのは、心のどこかで自由恋愛を夢見ていたからかもしれない。

父の連れてきた男性と結婚すると覚悟を決めて生きてきたはずなのに、一度くらいは熱い想いで心を焦がしてみたかったのが本音だった。

しかし、敏正さんの手を取ると決めたのだから、もうくよくよしない。疲れて帰ってくる彼が安らげる家庭を作ろう。そう気持ちを切り替えた。

「それで、三谷商店の件も早く動きたく、今晩津田家のご実家に顔を出して一緒にお食事をという提案なのですが」

「今晩？　えっ、そんな。どうしましょう」

それではあと何時間かしかない。私はそわそわし始めた。

「またお掃除をされていたんですね」

「あっ、すみません」

私はたすき掛けをしたまま接客していたのに気づき、慌てて外す。

「いえ。頼もしいですよ。少し御髪が乱れていらっしゃるので春江さんに整えてもらいましょう。それで十分です。姉が銀座《ぎんざ》『千歳《ちとせ》』の大福を好みますので、手土産にご用意しました。こちらは郁子さまにと敏正さまが」

一橋さんは紙袋をふたつ私の前に置く。

「まあ、千歳！」

私もよく通った和菓子店の大福だ。お母さまもお好きだなんて。

緊張する局面のせいか、こんな些細《ささい》なことがうれしく感じられる。

「ご存じでしたか。郁子さんが春江さんの分もと絶対におっしゃるからと、敏正さんに用意するように指示されました。一緒に入っていますのでお持たせください」

敏正さん、私の心が読めるの？

もちろん春江さんにも食べてもらおうと思っていたので、少しびっくりだ。

「敏正さんは大切な接客中でして。二時間後に車をよこします。それまでにご用意を。それでは私は失礼します」

「はい。ありがとうございました」

慌ただしく去っていく一橋さんを見送ったあと、さっそく炊事場の隣にある春江さんの部屋に向かった。

彼女に大福を渡すだけのつもりだったのに、それから着せ替え人形にさせられてしまった。津田家に行くと話したら、張り切りだしたのだ。

「どれもお似合いですが、やはりこの桜色の袷《あわせ》にしましょう。ここの庭にも春には八重桜が咲くんですよ。それを彷彿《ほうふつ》とさせます」

いろいろ私にあててみて、最終的に選んだのは桜色の地に大輪の牡丹《ぼたん》が描かれたとても華やかな一品。

それから帯もあれこれ悩み、自分で整えると言ったのに髪も櫛《くし》で梳《と》かし始める。

最近流行りのモダンな耳隠しにしようと意気込んでいた春江さんだったが、女学生だった頃にいつもしていた、耳の上の髪を束ねて大きなリボンをつけた束髪《そくはつ》くずしに落ち着いた。

どうやら耳隠しは大人びていて私には似合わないという判断だったようだけど、そんな私が津田家の嫁なんて務まるのかと不安が募ってしまった。

しかし、仕事が早く終わったからとみずから迎えに来てくれた敏正さんが、玄関先で私を見つめて「いいじゃないか」とつぶやいたとき、無理して背伸びをしなくてもいいのかもしれないと感じた。

彼の手を取り、自動車の後部座席に乗ると、敏正さんは運転手に「行きなさい」と指示を出す。

「自動車なんて初めてです」

「父が好きでね。これは津田紡績の車だよ」

初めての経験に辺りをキョロキョロと落ち着きなく見回してしまう。

「その着物、よく似合っているね。春江がお節介を焼いただろう」

「はい。すべて整えてくださって。母上のようでした」

「嫌なら嫌と言ってもかまわないよ。ただ春江は子を持てなかったからか、母のようなことをしたがるんだ。時々やりすぎだと思うときもあるんだが、信頼できる人間だ」

敏正さんの表情が優しくて、おそらく彼もわざと世話を焼いてもらっているのだろうなと感じる。

「わかっております」

彼が大勢の中からひとりだけ連れてきた女中なのだから、間違いないはずだ。

「緊張しているのか？」

「そりゃあ、しますよ」

「あはは。大門を前にしたときの強気はどこに行った」

「あ、あれは……」

あとに引けなかったから。いや、この結婚も後戻りはできない。

「でも、もう強がりは必要ない。ずっと俺の隣で笑っていればいい」

敏正さんの優しい言葉に鼓動が速まる。

政略結婚であることに戸惑いはしたけれど、きっとこの選択は間違っていない。これから彼に恋い焦がれて、幸せな夫婦になろう。

津田家の本邸は、腰が抜けそうになるほど大きくて立派な洋館だった。なんでもここで大切なお客さまを招いてのパーティもするらしい。

「郁子、口が開いてる」

車から降りた私を、敏正さんがからかう。

「だって……。こんなに大きいとは」

「隣の日本建築も津田家のものだ。以前は父と母が住んでいて、俺もここで育った。祖父母が亡くなってからは、父と母が洋館に移って、別邸のほうは妹夫婦が暮らしている」

「妹さん？」

そういえば、妹がいるとは聞いたが、くわしくは知らない。

「うん。俺の四つ下なんだが、そのうち会わせるから仲よくしてやって」

「もちろんです」

「それじゃあ、行こうか」

敏正さんは不意に私の手を握った。吉原から去る際も手首をつかまれたけれど、今日は手をしっかりと握られて心臓が跳ねる。

夫婦になるのだからこれくらいはなんでもないのよ。

私は心の中で自分に言い聞かせながら、彼とともに玄関に足を進めた。

「待ってたわよ。いらっしゃい。おきれいな方ね」

てっきり女中が出てくるかと思いきや、上質な大島紬《おおしまつむぎ》に身を包んだ女性に迎えられたので驚いた。

「母上。郁子が驚きますから、あまり前のめりになられるのはよしてください」

お母さまが直々に出迎えてくださったの？

大きな目がどことなく敏正さんに似ている。

「前のめりにもなるでしょう？　楽しみで眠れなかったんですもの」

「は、初めまして。三谷郁子と申します。突然お邪魔して申し訳ありません。こちら、よろしければ」

千歳の大福を手渡すと、お母さまの口の端が上がる。

「まぁ、千歳！　久しぶりだわ。あとで一緒に食べましょうね。さぁ、どうぞ」

上機嫌のお母さまは私たちを促して、シャンデリアが灯り、えんじ色の絨毯が敷き詰められた広い玄関ホールを奥へと進む。

目の前には飴色の手すりが美しい階段があり、二階へと続いていた。

「父上はお戻りになられていますか？」

「先ほど大慌てで帰ってきましたよ。食事を準備させたのだけど、郁子さんお嫌いなものはある？」

お母さまに親しげに話しかけてもらえて、ホッとひと安心。

「なんでもいただけます」

「そう。私、牛肉が好きで、ステーキをお願いしておいたの」

「それはよかった。郁子も肉が好きなようだから」

お母さまの言葉に敏正さんが返す。緊張していたのが嘘のように、いきなりなめらかに会話が進んだ。

「あっ、郁子さん。私たちだけのときはマナーも気になさらずお好きに食べてね。私も最初の頃は失敗ばかりで、緊張で食べた気がしなかったの。でもおいしくいただかないともったいないし」

なんと気さくな方なのだろう。

もっと堅苦しくて厳しい人だと予想していたので拍子抜けだ。

「ありがとうございます」

通された客間には、ハイカラな長テーブルの周りに椅子が八脚置かれていて、すでに食器が並んでいた。

「そちらにどうぞ」

お母さまに促されて女中が引いてくれた椅子に座ろうとしたそのとき、敏正さんと同じように背が高く、精悍《せいかん》な顔つきの男性が入ってきた。きっとお父さまだ。白いシャツにスラックス姿のお父さまが私をじっと見つめてくるので、緊張感に包まれる。

私は直立不動になり顔を引きつらせた。

お母さまはすんなり私を受け入れてくれたようだけど、お父さまは気に入らない？息が苦しいほどカチカチになっていると、お父さまがふと口元を緩めたので、ようやく肺に空気が入ってくる。

「あやに似ていると言っていたが、本当だね。どこがというわけではなく雰囲気かな」

それを観察していたの？

「はい。郁子は顔に泡をつけて洗濯にいそしむような女なんです」

「あははは。まるであやだね」

あやというのはお母さまの名前だろう。「言わないでください」と頬を赤らめている姿がとてもかわいらしい。

以前敏正さんが、お母さまは子爵家の出だけれど働くのが好きだと話していたがやはりそうらしく、親近感が湧いた。

お父さまが敏正さんの正面の席に座ると、「改めて」と敏正さんが私を紹介し始める。

「三谷郁子さんです。彼女と結婚します」

結婚の相談ではなく、『結婚します』と言いきった敏正さんに少し驚いたけれど、お父さまがうんうんとうなずいているので、緊張が緩む。

「三谷郁子と申します。この度は三谷家のことで大変ご迷惑をおかけして申し訳ございません」

五千圓もの大金をつぎ込んでくれるお礼もしなければと、深く腰を折る。

「どうせ敏正が勝手に言いだしたのだろう？　郁子さんのせいではないから大丈夫だよ」

ゆっくり顔を上げると「座って。食べながら話そうか」と椅子を勧められた。

西洋式にフォークやナイフが並べられていたが、レストランで食事をした経験はあるのでなんとかなりそうだ。

温かいスープが運ばれてきてじっとしていると「どうぞ」とお父さまに促されてスプーンでひと口。

これは豆のスープだわ。あぁ、なんておいしいのかしら。

「同じ顔をしている」

お父さまが不思議な発言をするので視線を上げると、正面のお母さまも私と同じように目を細めていた。

「父上、笑わせないでください」

「母に似た女性を連れてくるものなのだなと感心していたんだよ。だが敏正。この結婚はただの結婚ではない。三谷家をよきほうに導くという責任を負わなければならないよ。無論、失敗は許されない」

柔らかな声色から一転、厳しい口調に変わったお父さまは、敏正さんの覚悟をうかがうかのように鋭い視線を向けている。

「わかっております」

敏正さんの凛とした返事に、お父さまは満足そうだ。

「幹部たちは私が説き伏せる。三谷商店に関しては、一ノ瀬に手伝わせよう。ただし、お前が責任者として指揮を執るんだ」

「もちろん、そのつもりです」

ふたりの会話を聞いていると、自然と背筋が伸びる。

副社長の一ノ瀬さんの奥さまと母が懇意にしていたというだけなのに、すべてをかけるかのような強い覚悟に戸惑いを隠せない。

もしうまくいかなかったら、敏正さんはどうなるのだろうか。反対している幹部の方々に顔向けできなくなるのではないの？　それに許可を出したお父さまの立場は？

「あの……。私……」

「郁子さん」

不安のあまり涙目になりながら声をあげると、お母さまが私を制した。

「殿方には、勝負しなければならないときがあります。敏正は今なのでしょう。泣いてばかりだった敏正が先頭に立って指揮を執るなんて信じられないし心配ですけど、私たち女は旦那さまを信じて待てばいいんです」

にっこり微笑むお母さまは、そうした局面を何度も乗り越えてきたのかもしれない。

きっと心配でやきもきしながらもお父さまを信じ続け、ここまでやってきたのだろう。

敏正さんが、お父さまにとってお母さまは『間違った道に走りそうになったときに、容赦なく叱ってくれる存在』であると話していたけれど、その強さのようなものを感じた。

「はい」

「不安だったらいつでも来てね。一緒に大福を食べましょう」

「あやは食い気ばかりだな」

お父さまがお母さまをとても優しい目で見つめているのがうらやましくもあり、こんな素敵な家庭で育った敏正さんとなら、きっとうまくやっていけると思えた。

それからは終始和やかに話が進み、二時間ほどの滞在でお暇《いとま》した。

「緊張しなくてもよかっただろう？」

帰りの車の中で敏正さんは頬を緩める。

「はい。本当に素敵なご両親で。私、敏正さんに精いっぱいお仕えします」

「そんな堅苦しく考えなくてもいいよ。今まで通りで十分だ。週末にでも三谷家にお邪魔しよう。こちらは、少し厳しい話をするかもしれないが、耐えてくれるか？」

「もちろんです」

敏正さんはそもそも三谷家と三谷商店のために、私との結婚を選んだのだ。その彼がする行為に耐えるもなにもない。

「うん」

彼は満足そうに微笑み、私にうなずいてみせた。

三谷家に向かったのは、その週の日曜日。女衒について家を出てから二十日ほど経過していた。

「姉さま」

貫一が駆け寄ってきて、私に抱きついた。あらかじめ帰宅を知らせてあったので、家の前の路地で待ち構えていたようだ。

心なしか涙目なのは、私がいないのを寂しいと思ってくれていたのだろうか。

「お姉さま。お戻りになられてよかった」

同じく駆け寄ってきて声を震わせるのは、泰子だ。貫一は私がどうして消えたか理解していないだろうけど、泰子は借金のせいだとわかっていたはず。ただ、行き先が吉原だったのはおそらく勘づいてはいない。

「ただいま」

「姉さま、結婚するの？　もう会えないの？」

貫一が敏正さんを見つけて、けん制するような眼差しを送る。

「初めまして、津田敏正です。結婚はするけど、いつでも会えるよ。遊びにおいで」

なんと敏正さんは貫一の目線に合うように腰を折り、笑顔で丁寧に話しかける。

「本当ですか？」

「もちろん。だから君の大切な姉さまをもらってもいいかな？」

「はい！」

不安そうだった貫一の笑顔が見られて、胸を撫《な》で下ろした。

玄関先には青白い顔をした父が待っている。

「お父さま……」

「郁子。あの、だな……」

父は言い訳をしたそうに見えたが、敏正さんが私の一歩前に進み、口を挟む。

「初めまして。津田敏正と申します。先日は一橋がお世話になりました」

「い、いえっ。世話になったのは私のほうで」

「少しお話がございます。妹さんたちは席を外していただけるとありがたいのですが」

これから結婚の報告だけでなく、三谷商店や借金についても触れるはず。たしかに泰子や貫一に聞かせるような話ではない。

「承知しました。泰子、貫一と二階に行っていなさい」

「姉さま」

父が命令したものの、貫一は寂しいのか私の着物を握ったまま離そうとしない。

「貫一。もう黙っていなくなったりしないから心配しないで。あとでお話ししようね」

吉原に向かったあの日。ふたりの顔を見ると決心が鈍りそうだった私は、あえて別れを告げず夜中に家を出た。朝起きて私がいなくなっているのに気づいて愕然としたのかもしれないと思い声をかけると、ようやく貫一はうなずいた。

「貫一くん。お土産があるんだ。姉さまと一緒に食べて待っててくれないかな」

敏正さんは手土産に持ってきたカステラのほかに、背広のポケットからキャラメルを出した。ふたりのために準備してくれたのかもしれない。

キャラメルは高価な上、煙草《たばこ》の代用品という売られ方をしているため、ほとんど口にした経験がない。けれども以前いただいて食したときに目を輝かせていたので、貫一も大好きなはずだ。

「わぁ、ありがとう！」

キャラメルの箱を手にした貫一は、きらきらした笑顔を見せる。

敏正さんは妹さんがいるせいか、子供の扱いがうまいようだ。

ふたりが軽快に階段を上がっていくのを見送ったあと、父に続いて客間に向かった。

「どうぞ」

心なしか顔が引きつっている父は、いつもの威圧的な様は鳴りを潜めて終始腰が低い。

私が敏正さんの隣に座ると、父が座卓の向こうに正座した。

「お金を用立てていただいて、ありがとうございます」

結婚の挨拶の前に父から切り出す。敏正さんは頭を下げる父を見つめて表情ひとつ変えなかった。

「私があの日偶然接待で吉原にいなければ、郁子さんは今頃遊女として働いていたでしょう。彼女はお母上が亡くなられてから、懸命に三谷家を盛り立ててきたはず。それなのに、女衒に売り飛ばすとは、許されることではありません」

敏正さんは淡々と話してはいるが、その端々から怒りが漏れる。

「郁子がみずから吉原に行ってもかまわないと……」

父が言い訳をした瞬間、敏正さんは座卓をドンと叩いて怒りをむき出しにした。

「若輩者《じゃくはいもの》ではございますが、申し上げさせていただきます。お父上は、遊女の行く末をご存じだったはず。そのくせ、必死に働けば数年で戻ってこられると思っていた郁子さんを黙って見送られた。ご自身がお作りになった借金のためにです」

「は、はい」

眉をつり上げる敏正さんは、私が知っている穏やかな彼の面影もない。

「遊女の多くが命を落とすのは、もちろん承知されていますよね」

敏正さんがずばり切り込むと、父は目を泳がせる。

「父上は、郁子さんに死を命じたのも同じ」

「そ、そのようなつもりは……」

「それでは、運よく生き残って戻ってくると楽観視されていたんですか？　子爵さまとはいえ商売に携わる者が、そんな根拠もない予測を信じておられたとでも？　それでは三谷商店が傾くのも仕方がありませんね」

敏正さんの辛辣な言葉は父にとっては耳が痛いだろう。しかし的を射ている。

「も、申し訳ない」

いつも傲慢で決して他人に頭を下げたりしない父が、敏正さんに首を垂れる。

「頭を下げる相手が違います。郁子さんに謝罪してください」

敏正さんは唇を噛みしめ悔しそうな表情で、父に告げる。

「郁子。すまなかった」

畳に擦るほど頭を下げて謝られた瞬間、我慢していた涙が頬にこぼれた。

「二度と、郁子さんを……いや、泰子さんも貫一くんも泣かせないと誓ってください。そうでなければ、今後の援助は中止します」

「や、約束します。泣かせません」

こんなに小さくなった父を初めて見た私は驚きつつ、父の反省を促してくれた敏正さんに感謝した。

「それでは改めて。郁子さんとの結婚をお許しいただきたく、本日は参りました」

今度は、仕切り直した敏正さんが腰を折る。

「もちろんです。どうか郁子をお願いします」

父が結婚を承諾すると、敏正さんは「幸せにします」と付け足してくれた。

政略結婚ではあるけれど、私も彼との幸せを探していきたい。

「それと、今後の三谷商店についてです。弊社が亀戸《かめいど》に工場を移転した際、世話になった建築会社に丸の内のビルヂングの査定をさせましたところ、建設費用がべらぼうに高いと判明いたしました」

もうそこまで手を回しているとは知らず、父だけでなく私も目を丸くした。

「そう、ですか……」

「一橋からお耳に入れてあると思いますが、仲介した男はおそらく建築会社に雇われた詐欺師でしょう。こちらとしては、正しい見積もりを提出して、過剰な費用の返還を迫るつもりです」

「それでは、ビルヂングの建築は……」

「今後、丸の内は商業地域として発展すると思われます。持っておいて損はない。建設から手を引くと言われれば弊社が懇意にしている建築会社に引継ぎ、正規の費用で建てさせます」

てっきり、建築そのものを中止すると思っていた私は、思わず敏正さんを見つめた。

「しかし、借金があるのには違いありません。それは津田家で補填しますが、三谷商店の経営そのものを見直していただくのが条件です。私にその陣頭指揮を執らせていただきたいと思っております」

息子ほどの歳の敏正さんに優位に立たれる父は、おそらく屈辱だろう。華族としてちやほやされた人生を歩んできたのだからなおさらだ。

けれども、ここでこの話を呑まなければ、三谷商店の未来はない。父には商才などないのだから。

「わ、わかりました」

「お父上には社長を続けていただきますが、今後決済をする際は必ず津田紡績を通してからにしていただきたい」

それではお飾りの社長ということだ。そこまで厳しい条件を突きつけるとは。

「そう、ですか。それもわかりました」

明らかに肩を落とした父だったが、敏正さんの提案を受け入れた。そうしなければならないほど財政がひっ迫しているのかもしれない。

「それでは仕事の件は後日あらためます。郁子さんとの祝言《しゅうげん》を近いうちにと思っておりまして」

「祝言？」

驚いて声が出た。

そうか。結婚となれば祝言を挙げるのか。吉原で助けられてから怒涛《どとう》の展開で、頭がついていかない。

「俺は挙げるつもりだよ。郁子の花嫁姿を見たいんだ」

敏正さんはついさっきまで鋭い目をしていたとは思えないほど、柔らかな笑みを浮かべる。

「父上。祝言の支度は津田家でさせていただいてもよろしいですか？　もちろん、郁子さんの希望を叶《かな》える形にさせていただきます」

「それはそれは。どうぞよろしくお願いします」

花嫁衣裳を整えるお金など、今の三谷家にはない。父は恐縮して再び頭を下げた。

父との話が済んだ私たちは二階に上がり、泰子と貫一と久しぶりに触れ合った。

敏正さんはふたりとすぐに打ち解け、特に貫一はなついて「帰らないで」とせがむほどだった。

「貫一、わがままはだめですよ。津田さま。本当に素敵なお姉さまなんです。どうか、よろしくお願いします」

「泰子……」

たった二十日しか離れていないのに、泰子が随分しっかりしたのに気づいて目頭が熱くなる。

彼女も私と同じように、貫一を守ろうと必死なのかもしれない。

「もちろんだよ。泰子さん、これから私の会社の者がよく出入りさせてもらうと思う。困ったことがあれば遠慮なく伝えて。泰子さんは泰子さんの人生を楽しんでほしいんだ。学費の工面はするから、できれば高等女学校にも行ってほしい。これからは女性も学が必要な時代が必ず来るからね」

敏正さんの配慮には頭が下がる。私だけでなく、三谷家を丸ごと救おうとしてくれている。

「ありがとうございます。本当はもうあきらめていたから、私……」

涙声になった泰子を私は抱きしめた。

「泰子。我慢ばかりさせてごめんね」

「ううん。それはお姉さまだよ。津田さまと幸せになって」

私たちが抱擁《ほうよう》を交わしていると、状況を理解していない貫一を敏正さんが抱き上げてあやしてくれる。

「貫一くんのふたりの姉さまは優しくて強いね。貫一くんは姉さまの言いつけを守って立派な大人になりなさい。また遊びに来るからね」

貫一に笑顔を向ける敏正さんは、本当に温かい人だ。

私は彼の妻になれることに感謝した。

私の自慢の旦那さま

結婚が双方の家に認められると、敏正さんは忙しい合間を縫って祝言の準備に奔走し始めた。

「郁子。今日は日本橋《にほんばし》の百貨店に行くぞ」

朝が得意ではない彼は、日曜はいつも遅くにしか起床しない。それなのに、今朝は八時に一階に下りてきて、炊事場で食事の支度をしていた私に話しかけてくる。

「お買い物ですか？」

「そう。百貨店のあとは峰岸《みねぎし》織物に行こう」

「白無垢《しろむく》にされるんですか？　それとも色打掛？」

一緒に調理していた春江さんが弾んだ声で尋ねる。

もしかして、私の花嫁衣裳を選びに？　そういえば、峰岸織物って聞いたことがある。女学生時代、あそこで着物をそろえたと自慢している人がいたような。ハイカラで上質な着物を扱っているお店のはずだ。

「どちらも捨てがたいな。郁子はどっちがいい？」

「わ、私は……敏正さんがお好きなほうで」

花嫁衣裳についてなど考えてもいなかったため、敏正さんに投げてしまった。すると春江さんが満足そうに微笑んでいる。

「まあまあ、仲睦まじくてよろしいですわ」

「ち、違いますよ?」

「郁子、違うのか?」

「あっ、いえっ、えーっと」

とっさに返した言葉に敏正さんが鋭い指摘を入れてくるので、しどろもどろになる。仲が悪いわけではないけれど、まだただの同居人という感じで、仲睦まじいと言われると違うような。

「郁子さま、照れなくても大丈夫ですのよ。この時期が一番楽しいのですから、うーんと惚気《のろけ》てくださいな」

「の、惚気て?」

春江さんは私たちが政略結婚だとは知らない。敏正さんが折檻されていた私に偶然出会い、ここで生活をともにしているうちに惚《ほ》れ込んで、とんとん拍子に結婚となったと思っているのだ。

「春江。それは間違っているぞ。結婚してからも楽しいはずだ。郁子。食べたら出かけるからそのつもりで」

敏正さんは思いがけない言葉を置いて炊事場を出ていった。

「なんてうらやましい！　この調子ではお子さまを授かるのも早いかもしれませんね。楽しみだわ」

子を？

結婚するのだからそういう話が出るのも当然だ。しかし、政略結婚であるがゆえ、三谷商店の立て直しのことで頭がいっぱいだった私は、子についてなどまったく頭になかった。

祝言は三カ月ほど先の九月の中旬に、津田家の本邸でたくさんのお客さまを招いて執り行うことが決まっている。

その祝言のあと、敏正さんと結ばれるの？

まだ夢見心地な私は、あいまいに笑ってごまかしたあと、再び手を動かし始めた。

日本橋に出かけるということで、また春江さんが着替えを手伝ってくれる。

日差しの強い今日は、浅縹《あさはなだ》の生地に双葉葵が施された単衣《ひとえ》に決め、崩れないように帯をきつめに締めてもらった。

「郁子さまはなんでもお似合いですね。敏正さまがひと目惚れされたのもうなずけます」

違うのよ。私は啖呵《たんか》を切ったところを見られただけ。ひと目惚れなんてありえない。

そう白状したいのに、春江さんは私が吉原に売られそうになったのを知らないので口を閉ざしておいた。

休日の敏正さんはいつも着流し姿で、今日は紺青《こんじょう》色の一筋縞を着ている。

仕事に出かけるときの三つ揃い姿は凛々しくて、毎朝見るたびに頬が赤らんでしまうのだけど、少し着崩した着物姿の敏正さんは妙に色気が漂っていて、隣に並ぶのが恥ずかしいくらいだ。

日本橋でタクシーから降りると、彼は「行こうか」と私の背中を押した。

今日は日曜のせいか家族連れの客が多く、百貨店はたいそうにぎわっている。

女学生だった頃は日本橋より銀座に遊びに行く機会が多かった。しかし、百貨店だけでなく金融機関も集まる日本橋は、敏正さんたちにとってなじみ深い場所なのかもしれない。

「敏正さん、百貨店でなにをお求めになるのですか？」

どうやら婚礼衣裳は峰岸織物と決めているようだし。

「食器の類をそろえようかと」

「たくさんあるじゃないですか」

足りなくて困るようなことはないのに。

「俺はそうしたものには無頓着で、実家を出るときに余っていたものを譲り受けたんだ。だから柄や大きさがまちまちだろう？」

「たしかにそうですが」

「郁子と同じものを使いたいと思ってね。夫婦になるのだし、嫌か？」

敏正さんの言葉に、鼓動が勢いを増す。

嫌なわけがない。食器の違いなど気にかけたこともなかったけれど、同じものを使えると思うだけでこれほど胸が高鳴るとは思いもよらなかった。

「うれしいです！」

気持ちそのままに少々大きな声が出てしまい慌てて口を押さえると、彼は「元気だな」と肩を震わせている。

「申し訳ありません」

「いや。郁子の笑顔を見ると俺も元気が出る。さて、どれがいいか選んでくれ」

さりげなく私の腰を抱いて足を進める敏正さんは、とても楽しそうに微笑んだ。

美しい模様が施された江戸切子《えどきりこ》のガラス製の皿を熱心に見ていると、敏正さんが一式そろえてくれた。ハイカラすぎるそれは使用するのがもったいないような気もするけれど、彼と一緒に使えると思うと心が躍る。

他にも伊万里焼《いまりやき》の器を多数購入して配達を頼んだあと、次は峰岸織物に向かった。

「もしかして、以前いただいたお着物も峰岸織物のものですか？」

彼が私のためにそろえてくれた着物はかなりの数があるが、どれも上質で色鮮やかなものばかり。ひと目で高級品だとわかる。

「あぁ。峰岸織物はまだ設立されて間もない会社だが、手を組んで着物を製作しているんだ」

「そうでしたの？」

「綿糸の輸出一辺倒ではこの先やっていけないからね。父が生糸も扱うようになってから、うちの綿糸や生糸を峰岸さんで反物に加工してもらっているんだよ。ここは職人の腕がたしかで、着物の仕立てまで安心して任せられる」

そうやって商売を広げていく力が津田紡績にはあるのだ。三谷商店の立て直しもその一環なのかもしれない。

「それで、白無垢か色打掛か決めたか？」

「どうしても決められないんです。敏正さん、決めてください」

これは照れ隠しでもなんでもなく、敏正さんが望むものを纏《まと》いたいと思った。少しずつだけど、彼と夫婦になるという気持ちが高まっているのかもしれない。

「うーん。それは困った。どっちもいいね」

不意に私の手を握る彼は、私より楽しそうに見える。これは政略結婚なのに、彼と恋に落ちて祝言を迎えるかのような錯覚を抱いてしまう。

結局どちらも着させてもらい、峰岸織物の織りの技術が際立つ色打掛に決定した。

津田家の招待客の中には日本で貿易商を営む外国人も多数いるらしく、そうした人たちも華やかな着物を好むのだとか。

それから泰子や貫一の着物まで購入して、三谷家に届けるように手配してくれた敏正さんには頭が上がらない。

「泰子たちの心配までしていただけるなんて、本当にありがとうございます」

店を出たあと首を垂れる。

「もう夫になるのだからこれくらいなんでもないよ。お父上に生活費の足しをお渡ししているとはいえ、男親では着物のことまで気が回らないだろうからね」

「敏正さんも男性ですわ」

「そうだった」

クスクス笑う彼と一緒にいられるこの時間がずっと続けばいいのに。

偶然出会い拾ってもらっただけなのに、こんなに穏やかで楽しいひとときを過ごせるとはなんて幸せ者だろう。

敏正さんと関われば関わるほど、自分の気持ちが彼に傾いていくのを感じていた。

九月のとある日曜日。

私たちは津田家本邸の大広間で祝言を執り行った。

この大広間は、時折政府の重鎮を招いたパーティなる晩餐会が開かれる洋室で、敷き詰められた絨毯に、脚に美しい彫刻が施された長机やふかふかの椅子が用意されている。

新調してもらった色打掛は朱色の地に鶴や花御所車《はなごしょぐるま》、そして牡丹や桜といった花々がきらびやかに散らされた高級品。ひと針ひと針丁寧に縫われた刺繍《ししゅう》は、職人の技が光っている。

そのずっしりとした重さは、これからの人生をも背負っている気がして緊張したが、背筋がピンと伸びた。

祝言の前に、副社長の一ノ瀬さんに面会が叶い、奥さまの章子さんがうっすらと涙を浮かべながら母へのお礼を口にするので、私のほうが泣きそうになった。

母は亡くなってしまったけれど、こうして人の心の中に生きているのがうれしかったのだ。

また、敏正さんの妹さんにも初めて顔を合わせ、ハキハキと話をする彼女にとても好印象を持った。津田家の周りは皆素敵な人ばかりで、うまくやっていけそうだ。

今日の出席者はほとんど敏正さんの仕事の関係者。総勢百名近くの人たちが私たちの結婚を祝福してくれた。

聞いていた通り、金髪の男性の姿もちらほらある。

私のほうの招待客は、父と、敏正さんにあつらえてもらった着物を纏った泰子と貫一。そして女学校時代に仲がよかった友人数名。いつも一緒にいたけれど、先に結婚が決まって退学していった中川富子《なかがわとみこ》も駆けつけてくれたのがうれしかった。

私の緊張をよそに祝言は粛々《しゅくしゅく》と進み、誓いの杯《さかずき》を交わす。

紋付き袴姿で貫禄を示している敏正さんは、粗相をしないようにと顔がこわばる私に時々視線を合わせては微笑んでくれた。

その目から〝大丈夫〟と聞こえてくる気がして、いちいち安心したものだ。

今日の料理は、外国の方も多数いるということで西洋スタイル。津田家お抱えの料理人ができたての厚いステーキを運んできた。

私たちはその頃立ち上がり、来てくださった参列者に挨拶をして回ることになった。

すぐうしろには一橋さんが控えていて、お相手がどんな方なのかを細かく教えてくれる。

「ドイツの駐在公使でいらっしゃいますニクラスさまです。敏正さんが大変親しくされています」

青い目をした紳士は、ドイツの代表として日本に駐在しているとても地位のある方のようだ。しかし敏正さんは臆する様子もなく笑顔を向け、握手を求めた。

「本日はお越しいただきありがとうございます」

「おめでとうございます。奥さま、とても美しい」

身構えていたのに、ニクラスさんから流暢《りゅうちょう》な日本語が飛び出してきて驚いた。

「ありがとうございます。毎日美しいと感じておりますが、今日は格別です」

敏正さんがそんなふうに言うので、頬が赤らんでしまう。

「素敵な着物ですね。日本の文化、素晴らしい」

「こちらは、先日お話ししておりました織物会社に作らせた色打掛です。技術の高さはおわかりいただけるかと」

敏正さんの言葉にニクラスさんは感心したようにうなずいている。

「後日、反物をお持ちします。ドイツでも日本の文化を広めていただければ」

今日は祝言には違いないのだけれど、なかなか会えない人も参列してくれるので仕事の話が出るかもしれないと聞いていたが、こういうことか。

しかも私の色打掛をきっかけに、さりげなく、しかししっかりと製品を売り込んでいる敏正さんの敏腕ぶりを垣間見て、少し鼻が高い。

その後彼は、なんと英語で会話を交わすことまであり、改めてすごい人の妻になったのだと気が引き締まった。

津田紡績の関係者へのお披露目のために催されたような祝言だったが、富子の近くを通ったときに目配せをすると、敏正さんが私の背中を押して近づくように促してくれた。

「本日はおめでとうございます。郁子、あなたが友人の間で一番の幸せをつかんだともっぱらの噂よ」

富子は笑顔で話しかけてくる。

「ありがとう」

「中川さんですね。初めまして。よければ我が家にも遊びに来てください。郁子は少々手持ち無沙汰のようですし」

一橋さんから名前を耳打ちされた敏正さんはさっそく会話を弾ませる。

「ありがとうございます。ぜひ、伺います」

久しぶりの友人との会話に、自然と顔がほころんだ。

祝言はそれから二時間ほど続いた。

すべてのお客さまに挨拶を済ませて、ホッとひと息つく。

「郁子も少し食べなさい」

料理に手をつけていない私を敏正さんが促した。

しかし私は緊張と暑さのせいか、体調がすぐれない。食欲がなく、「ありがとうございます」と答えたものの、フォークを手にしなかった。

なんとか無事に参列者のお見送りまで終わると、「郁子」と敏正さんが難しい顔をして私の名を口にする。

「はい」

「よく頑張った。すぐに帯をほどこう。とわ、部屋を用意してくれ」

もしかして体調がすぐれないのに気づいているの？

敏正さんは女中を呼んでてきぱきと指示を出し、なんと私を抱き上げる。

「孝義さん、郁子の顔が真っ青ですので、あとはお願いしても？」

「承知しました」

そして一橋さんに伝言をして奥へと急いだ。

「郁子、もっとしっかりつかまりなさい」

そうはいっても、このような行為をされたのは初めてで、顔が火照《ほて》って仕方ない。

「は、はい」

ためらいがちに首のうしろに手を回すと、彼は「少し我慢して」と足を速めた。

女中が用意してくれた客間にはベッドなる夜具が置いてあり、敏正さんは私をそこに下ろした。

「郁子。随分我慢させたね。すまない」

「い、いえっ」

まさかずっと気にしていたの？

「打掛姿、ずっと見ていたいくらいだけど脱ごうか。帯を緩めよう」

「あっ、いえ。自分で……」

と答えたものの、いつもの着物なら簡単に脱ぎ着できるが、花嫁衣裳となるとそうもいかない。

「恥ずかしがらなくていい。もう夫婦になったのだし」

私の帯に手をかける敏正さんにささやかれて、心臓がドクンと大きな音を立てる。

春江さんに『お子さまを授かるのも早いかもしれませんね』と言われたのを思い出したのだ。

敏正さんは、するすると帯をほどいていく。

「はっ」

圧迫されていた胃のあたりを解放されて、思わず声が漏れる。

このまま着替えを手伝わせてしまうのかしらと体を硬くしていると、「とわ」と彼が再び女中を呼んだので安堵した。

「三谷の父上に挨拶をしてくる。郁子は髪もほどいてもらって、眠れるなら少し寝なさい。昨晩も身じろぎばかりしていた。眠っていないんだろう?」

たしかに緊張で眠れなかったけれど、気づいていたの?

敏正さんの部屋は、箪笥の置いてある部屋を挟んだ向こう側。夜の帳《とばり》が下りて静寂が訪れると足音などの物音がよく聞こえる。それはおそらく敏正さんも同じだろう。

「それにお気づきだということは、敏正さんも睡眠不足でいらっしゃいますね」

指摘すると、彼は口の端を上げる。

「その通りだ。郁子の花嫁姿が見られると思うとそわそわして眠れなかったんだ」

あれっ、私の花嫁姿を楽しみにしていたの? 私は祝言を滞りなく行えるか緊張していたのに?

意外な理由に頬が緩む。

それにしても、仕事でいつも大変な局面を切り抜けているから、あれだけの参列者を前にしても動じないのかしら。終始、堂々としたたたずまいで、見事のひと言だった。

「きれいだったよ」

彼はとびきり優しい声でささやくと、すぐに部屋を出ていった。

「きれい……」

敏正さんに褒められるとむずがゆくてたまらない。

女中に手伝ってもらい髪を下ろしたあとは、長襦袢《ながじゅばん》姿でふかふかのベッドに横たわった。重い着物を脱いだおかげか、先ほどよりは体調が上向いている。

けれどもやはり睡眠不足には抗《あらが》えず、次第にまぶたが下りてきた。


「はっ……」

ふと目を覚ますと、辺りが暗くなっている。

体温を感じて隣を見ると、敏正さんが私にぴったりくっつくようにしてスースー寝息を立てていて驚いた。

「え……」

思わず声を漏らすと、彼のまぶたがゆっくり開いていくので、慌てて長襦袢の襟元を手繰り寄せて整える。

「あぁ、郁子の寝顔を見ていたら俺まで寝てしまった」

寝顔を見ていた？　そんな無防備な姿を見られたの？

「体調はどう？　唇の色はいいようだけど」

彼は妙に色香漂う声でささやき、人差し指で私の唇をなぞる。その様子があまりにも艶っぽくて、鼓動が勢いを速めた。

「だ、大丈夫です」

こんなときにどうしたらいいのかわからず、ただ固まってなすがまま。

彼は片ひじをついて私の顔を覗き込んでくる。至近距離に慣れない私は、目を泳がせた。

「すみません。寝てしまって」

「寝ろと言ったのは俺だぞ。今晩はここに泊まる？　それとも俺たちの家に戻ったほうが落ち着けるかな」

俺たちの家、か。吉原で偶然拾われて、こんなふうに言われる日が来るとは思ってもいなかったので感慨深い。

「帰りたいです」

「そうだね。俺もそうしたい。車を用意させるよ。ちょっと待ってて」

彼はなんでもない様子でベッドを下りて部屋を出ていった。

「びっくりした」

まさか隣で眠っているとは。

でも、結婚したのだから当然なのか……。

少し唇に触れられただけでこんなに胸が高鳴っていて、これから大丈夫かしら。

そんなことを考えながら、置かれてあった着物に着替えて彼を待った。

しばらくして戻ってきた敏正さんと一緒に、津田の両親にお礼を述べてから自動車に乗り込む。

着流し姿の敏正さんは終始私を気遣い、隣に座ったあとも腰を抱いてきて私の頭を自分の肩に寄り添わせた。それがとんでもなく恥ずかしかったけれど、ゆっくり髪を撫でられる感覚がなんとも心地いい。

「なにも食べていないから腹が減っただろう？　なにか食べてから帰るか？」

「敏正さんも空腹ですか？」

「俺はそこそこ食べられたから大丈夫だよ」

たしかに、隣でステーキを食べていたような。

「でしたら、あんぱんを買ってください」

そう伝えると、彼はきょとんとした顔をしたあと、肩を震わせ始める。

「あははは。あんぱんか。いいぞ。いくつでも買ってやる」

「大食いみたいに言わないでください。ひとつでいいです」

吉原の大門前から連れ去られたときに食べたあんぱんは、どんなステーキよりおいしかった。

彼は運転手に指示を出し、途中の店であんぱんを大量に購入させると私に持たせる。

「まだ温かい……」

「遠慮せず、かじってもいいぞ」

「それでは、敏正さんも」

車の中でなんてはしたないかもしれないと頭をよぎったけれど、もうすでに人力車で食べている。今さらだ。

私が紙袋からひとつ取り出して彼に渡すと「俺も？」と目を丸くしているが、「はい」と笑顔でうなずく。

「そうだな。夫婦なのだから一緒がいいな」

そういう意外な発言に、私がいちいち心を躍らせているのに彼は気づいているだろうか。

あんぱんをひとつ食べ終わった頃、家に到着した。

お世話になった運転手にもあんぱんを持たせようとすると、固辞されてしまった。すると、大笑いした敏正さんが「妻の感謝の気持ちだ」と後押ししてくれる。

〝妻〟というのがなんともくすぐったい。でも、こんなに優しい敏正さんの妻になれて感無量だ。たとえこれが政略結婚だとしても。

「おかえりなさいませ」

満面の笑みを浮かべる春江さんが私たちを出迎えてくれた。

「うん。郁子が疲れているから、風呂を頼む」

「かしこまりました。この度はおめでとうございます」

「ありがとう。春江、これからも俺と郁子を頼むよ」

「もちろんです」

春江さんは心なしかいつもより声が弾んでいる。それが私たちの結婚への祝福の証だと感じられて、胸が温かくなった。

住み込みではない春江さんは、いつも布団を敷いたあとに近くの長屋に帰っていく。敏正さんに続いて湯浴みをしたあと二階に向かうと、私の部屋に布団が敷いていないのに気づいた。

「忘れたのかしら」

自分でやるからいいと断ってもやらせてくれないのに。

首をひねりつつ押し入れを開けてみたが、ここにも布団がない。

「郁子」

敏正さんが私を呼ぶ声が聞こえたので、自室を出て彼の部屋の前で膝をつき障子越しに声をかける。

「なんでしょうか」

「入っておいで」

言われるままに障子を開けると……。

ぴったりとくっつくように布団が二組敷いてある。

「あっ」

「春江が気を使ったようだ。おいで」

机の前にあぐらをかいていた敏正さんは私を手招きする。けれども、とてつもなく鼓動が速まっている私は少しも動けなかった。

するとそれを見抜いているのか、彼は自分から近寄ってくる。

「夫婦なのだから、一緒に寝よう」

「は、はい」

口から飛び出してきそうなほど心臓がドクンドクンと大きく打ち始めて、彼に聞こえていないか心配になる。

承諾の返事をしたというのに一歩も足を踏み出せない。うつむいたまま黙っていると、敏正さんは私の顎に手をかけ持ち上げた。

「郁子」

色情たっぷりに名前を呼ばれ、瞬きすらできなくなる。彼の美しい瞳に自分の姿が映っているのに気づき、息をするのも忘れそうになった。

「お前はかわいいな」

かわいい？　このおてんばの私が？

「耳が真っ赤だ」

唖然としていると、彼が私の耳元に口を寄せて艶やかにささやくので、腰が砕けそうになる。

「ほら、こっち」

敏正さんはガチガチに固まり声も出せない私の腰を抱き、布団へと誘導する。

「あはは。棒のようだ」

「キャッ」

緊張で直立不動状態だった私を見て白い歯を見せる彼は、いきなり抱き上げて布団に下ろす。そして自分も隣に寝そべり、そっと私を抱き寄せた。

「そんなに固くなられると困るな。いつもの勢いはどこにいった」

「す、すみません」

謝ると彼はクスクス笑っている。

「心配するな。郁子が嫌がることはしない」

「えっ？」

「もしかして、これも嫌か？」

彼は腕の力を緩めて私の顔を覗き込んでくる。

これって、抱きしめられること？

たまらなく恥ずかしいのに、少しも嫌ではない。彼に触れられると息が苦しいのに、離れたくないほど心地いいのだ。

「いえ」

正直に答えると「よかった」と微笑まれて、いっそう恥ずかしくなった。

再び私を腕の中に引き寄せた敏正さんは、話しだす。

「あの日、吉原でお前に会えてよかった」

「私に？」

「そう。もうずっと俺だけのものだぞ」

俺だけのって……。

強い独占欲にたじたじになりながらも、私はうなずいた。

「わ、私も敏正さんに出会えて幸せです。これからどうぞよろしくお願いします」

「うん」

返事をした彼がなんと私の額に唇を押しつけてくるので、ますます棒のように固まってしまう。

「明日は俺も休みだ。なにも気にせず好きなだけ眠って。俺もそうする」

「はい」

彼は私を抱きしめたまま、まぶたを下ろした。

このまま眠るの？

新婚初夜の今晩、こうして同じ布団に入ったら、体を交えるものだと思っていたのに拍子抜けだった。けれども、疲れきっていた私もすぐに眠りに落ちていった。

翌朝目覚めたのは、もう空が明るくなっていた八時過ぎ。わずかに開いていた窓からかすかにキンモクセイの香りが漂ってくる。

私に腕枕をしたまま目を閉じている敏正さんの顔をまじまじと見つめた。男性なのに絹のように艶のある肌。長いまつ毛に高い鼻。形の整った唇が、昨日私の額に触れたと思えば照れくさくてたまらない。

「旦那さま……」

起きているときは恥ずかしくて口に出せない言葉をつぶやく。すると、首の下にあった腕にグイッと引き寄せられたので目が丸くなる。

「そんなに見られると照れるじゃないか」

「お、起きていらっしゃったんですか？」

「あぁ。郁子を見ていたのを知られるのが気まずくて、とっさに目を閉じた。でも、郁子も同じだからおあいこだ」

私を見ていた？

「なあ、もう一回言って」

「な、なにをでしょう」

「旦那さまって」

意外なおねだりに、頬が上気する。

「いや、それは……」

聞かれていないと思ったから言えたのであって。

首を横に振ると、強く抱きしめられて逃げられなくなった。

「頼むよ」

耳元でささやかれると、体がビクッと震える。

甘えた声を出す彼に驚きはしたけれど、妻になれたからこそこの声を聞けるのかなと思えばうれしくもある。

「だ、旦那さま」

思いきって小声で口にすると、背中に回った手に力がこもった。

「かわいい奥さま。これからよろしく」

「……はい」

面映ゆくてたまらない。けれども、幸せな時間だった。

足りない魅力

敏正さんとの新婚生活はすこぶるうまくいっている。

彼は結婚を機に女中を増やそうと相談してきたものの、私は断った。津田家ほどの富豪なら、もっと女中を抱えるのが普通だ。実際、津田家の本邸では数えきれないほどの女中がせわしなく働いていた。

しかし春江さんが働き者のおかげでなんの苦労もないし、私自身も家事が嫌いではない。それより、うまく回っているこの生活に別の人を入れるほうが戸惑いがある。

結局、子ができて大変になったら増やそうということで落ち着いた。

「子か……」

祝言の日以降、彼は毎晩私を抱きしめて眠る。でも、決して手を出してこようとはせず、子ができるはずもない。

それが普通なのかどうなのか私にはわからず、とはいえ幸せに毎日を過ごしていた。

「今日、中川さんに会うんだって？」

朝、着替えを手伝っていると、ネクタイを結びながら敏正さんが尋ねてくる。

「はい。とても久しぶりなので、銀座に行こうと」

「それはいいね。楽しんでおいで」

彼は私に十圓も握らせる。

「こんなにいりません！　あんぱんがいくつ買えるんですか？」

「ははっ。郁子はすぐあんぱんだ。なんでも好きなものを買えばいい。困ってはいけないから持っていきなさい。そうだ。銀座に行くなら、千歳の和菓子を買ってきてくれないか？　春江が好きだし」

春江さんを気遣う彼は優しい。

「承知しました」

私はありがたく受け取っておくことにした。

玄関まで敏正さんを見送りに出ると、一橋さんが車で迎えに来ている。今日は得意先に直行するのだとか。

「郁子さん、すっかり奥さまですね」

「な、なにをおっしゃって……」

「孝義さん、郁子をからかうのはよしてください。おろおろした顔を見られるのは俺だけの特権です」

恥ずかしい言葉を吐いているのに、敏正さんは平然とした顔をしている。

「敏正さん、変わりましたね」

一橋さんがクスッと笑うので、恥ずかしくなった。

「郁子、浮気するなよ」

「も、もちろんです。行ってらっしゃいませ」

敏正さんの言葉に驚きつつ返事をすると、一橋さんは苦笑しながら車に乗り込んで去っていった。

お見送りをしたあとは、急いで身支度を始める。

「郁子さま。こちらのほうがいいですって」

私が地味目の着物を選ぶと、春江さんは秋の空のような秘色《ひそく》色の着物を勧めてくる。

これは花嫁衣裳をそろえたときに、買ってもらったものだ。

「派手ではありませんか？」

「ちっとも。敏正さまがお選びになったお着物に間違いなどありません」

母のように敏正さんを褒める春江さんが微笑ましく、私は素直に従った。

そして、高揚した気持ちで銀座に向かう電車に飛び乗った。

富子との待ち合わせは、四丁目の交差点。時計塔のあったビルヂングは建て替え工事中だ。

早く着きすぎた私は、そわそわしながら彼女の到着を待ちわびていた。

る。

「おひとりですか？」

するど、敏正さんより少し年上だろうか。着流し姿のふたりの男性が声をかけてく
「お友達と待ち合わせですの」

正直に答えると、男たちは顔を見合わせてニヤリと笑う。

この嫌らしい笑い方、女衒と似ているわ……。

「そのお友達も一緒に遊びませんか？　俺たち、すごくいいカフェーを知っているん
です」

もしや誘われているの？

「いえ、結構です。カフェーなら私も知っておりますから」

女学生時代、コーヒーを五銭、そしてドーナツという生洋菓子も五銭で楽しめるカ
フェーが話題になって、富子と一緒によく通った。今日も行きたいと思っていたとこ
ろだ。

「でしたらちょうどいい。一緒に行きましょう」

すぐにあきらめると思ったのに、食い下がられて困る。

「お断りしますわ。夫に叱られますもの」

敏正さんのことを初めて〝夫〟と表現したせいか、少し恥ずかしくて頬が上気する

のを感じる。

「夫？　結婚してるのか？　なんだよ」

舌打ちをした男は態度を豹変《ひょうへん》させて去っていった。

「なによ！」

声をかけてきたのはあなたたちでしょう？　怒りたいのはこっちだ。

「浮気かしら、これ……」

まずいわ。

「郁子！」

そのとき、髪を夜会巻きに整えた富子がタタタッと駆け寄ってきた。彼女は白藤《しらふじ》色に紫色の桔梗《ききょう》の花が大胆にあしらわれた、小洒落《こじゃれ》た着物を纏っている。

「お久しぶりね、富子」

「あらっ、元気ない？」

「……私、浮気をしたかも」

ぼそりと漏らすと、富子は目を丸くしている。

「浮気!?」

男たちに声をかけられたと白状したら、富子は口に手を当てて、さもおかしそうに笑いだした。

「なに？」

「郁子らしいなと思って。軟派な男たちに誘われただけで、浮気じゃないわ。郁子は女学生の頃から美しいもの。目立つのよ」

「富子のほうがきれいよ？　私はおてんばだもの」

「おてんばは否定しないわ」

白い歯を見せる富子は「行きましょう」と私を誘って歩きだした。

たくさんの商店を見て回り、富子は気に入った化粧品を購入したものの、私は特に欲しいものもなく千歳で大福を買っただけ。

しかし、家にいるばかりで退屈している私は、こうして銀座をぶらぶらするだけでも刺激的で気持ちが高ぶる。

「ね、ドーナツ食べましょう」

「いいわね」

富子の提案に賛成し、さっそくカフェーに足を運んだ。

さっきの男たちがいたら嫌だなと思ったけれど、どこにも姿はなく、窓際の席に座ってコーヒーとドーナツを注文したあとおしゃべりの開始だ。

「打掛姿の郁子、本当にきれいだったわ。旦那さまはあの津田紡績の嫡男だし、美形だし……言うことないわね」

彼女にはこの結婚が政略的なものだとは明かしていない。

たとえ政略結婚でも、幸せを感じている私は笑顔でうなずいた。

「お優しいの。今日も、女中のために和菓子を買ってきてって」

「まあ！　いいわね。私の旦那さまは……」

富子の表情が曇るので首を傾げる。

大手銀行に勤める男爵と結婚してもう一年ほどは経つと思うけど、うまくいっていないのだろうか。

彼女の家も男爵家で、身分の違いもなく価値観が合うと、結婚直後は笑顔で話していたのに。

「どうしたの？」

「それが、浅草の凌雲閣《りょううんかく》に足しげく通うようになって……」

凌雲閣といえば眺望用の十二階建てのモダンな建物だけど、眺めが気に入ったのかしら。

「高いところがお好きなの？」

「違うわよ！　あそこは私娼《ししょう》がたくさんいるの」

「え……」

つまり、女遊びを覚えたということ？

吉原に売られそうになった私は、とても笑って受け流せない。

「それを知ってから、肌を重ねるのも嫌になって、今では別の部屋で眠っているわ。子をもうけて幸せに暮らしたかったのに、もう無理かも」

まさかそんな事態に陥っているとは知らなかった。

「旦那さま、ひどいわ」

「そうでしょう？　何度も行かないでくださいと止めたのだけど、接待で仕方がないと言うの」

接待？

私はふと吉原で出会ったときの敏正さんを思い出していた。

接待で訪れただけで女は買っていないと一橋さんが話していたけれど、まさか……。

一橋さんの話を完全に信じ込んでいた私は、頭を殴られた思いだった。

「本当に接待ではないの？」

動揺で声が小さくなる。

「違うわ。しょっちゅう朝まで帰ってこないし、背広のポケットにあった恋文も見てしまって」

「恋文……」

敏正さんは私と暮らしだしてから、朝まで戻ってこない日はない。ただ、接待で帰りが日をまたいだことはあり、吉原でなくても花街に行っていないとは言いきれない。

「女はどれだけ我慢したらいいんでしょうね」

さっきまでずっとにこやかだった彼女は、眉間にしわを刻み苦しげに吐き出した。

最近は女性も社会進出がめざましく、電話交換手、バスガール、雑誌記者などもいる。離縁して自立する道もあるとは思うが、簡単ではないだろう。

そのときふと、結婚には終わりを迎える事例もあるのだと強く意識してしまい、緊張が走る。

敏正さんの求婚を受け入れたときは、生涯彼についていくと決意した。しかし、富子のように女が愛想を尽かすこともあれば、男に「お前はもういらない」と離縁を言い渡される可能性もあるのだ。

嫌よ。そんなの、嫌。

敏正さんとの生活が楽しくてたまらない私は、心の中で叫んでいた。

でも、三谷商店の経営が軌道に乗って津田紡績も潤い、敏正さんの次期社長としての能力を知らしめられたら、もう私はお払い箱？　もしかして、彼が私を抱こうとしないのはそのつもりがあるから？

ううん、そんなわけがない。敏正さんはあんなに優しいじゃない。

自分に言い聞かせても、サーッと血の気が引いていく。

「郁子？」

「あっ、ごめん。悲しいなと思って」

「……うん。そりゃあ親が決めた結婚だけど、この人とならと思ったのに。

「女遊びさえなければいい人なの。勤勉だし、優しいし。でも、妻としては……ねぇ」

富子は視線を伏せた。

たしかに、どれだけいい人でも、他の女性を抱いているなんて我慢できない。妾が容認されていた時代もあったようだけど、私は嫌。もし、敏正さんが遊女と閨《ねや》をともにしていたら……。

だめだめ。余計なことを考えては気が滅入る。

「富子、どうするの？」

「もう一度話してみようと思ってる。それでもやめてくださらなかったら、今度は父に間に入ってもらうわ。離縁覚悟で」

「離縁……」

輿入れが決まり、幸せいっぱいで退学していった同級生は他にもいたけれど、皆幸せに暮らしているとは限らないのか。

厳しい現実を突きつけられた私は、衝撃を受けていた。

「こんな話をしてごめんなさい。郁子はうまくいってるんでしょ？」

「う、うん」

「郁子のほうが先に子ができるかもね。できたら教えてよ」

「そうね」

私はまだ一度も肌を重ねていないと明かせなかった。

十四時を過ぎた頃、富子と別れて自宅に帰ろうと人力車を捕まえた。けれど、ふと思い立って丸の内に向かうことにした。

鉄骨レンガ造りの立派な東京《とうきょう》駅が見える場所に、三谷商店が手がけている四階建てのビルヂングの建設現場があるのだ。

人がにぎわうこの界隈は一等地で土地代も高く、かなり思いきった出資だったが、それ以上に建築費がかさんで借金まみれとなってしまった。だまされた父が悪いのだけど。

まだ建築途中の現場に近づいていくと、一橋さんらしき姿を見かけてあとを追った。彼は工事関係者と思しき男性と難しい顔をして話し込んでいて、とても近づける雰囲気ではない。

ビルヂングはまだ半分もできておらず、敏正さんに仲介人の詐欺行為を指摘されなければどれだけ借金が膨らんだかわからない。私が妓楼で働くくらいでは済まず、もしかしたら泰子まで……と考えたら身の毛もよだつ。

改めて敏正さんに救われたことを感謝した。

「お世話になります」

私は一橋さんのうしろ姿に頭を下げてから、邪魔にならないようにそのまま踵を返した。

夜遅くに帰宅した敏正さんから背広を預かった私は、銀座の話を始めた。

「久しぶりでしたので、とても楽しかったです」

「それはよかった。でも、大福しか買ってこなかったのか?」

「はい。春江さんにお渡ししたら、大喜びでしたよ」

食事をしてくるとあらかじめ聞いていたので、春江さんにはもう帰ってもらっている。

「あの……。私、敏正さんより少し年上の男性に話しかけられてしまいまして。すみません」

富子は一方的に声をかけられただけなのだから浮気とは言わないと笑っていたが、彼女の旦那さまの話を聞いていたら隠し事はしたくないと思い始めて、正直に打ち明けた。

「はっ？　それで？」

敏正さんの表情が険しくなったので、緊張が走る。

やはりいけないことなの？

「カフェーに行こうと誘われましたが、夫に叱られますとお断りしました。……あっ」

焦ったような彼は、いきなり私を抱き寄せて深い溜息を落とす。

「はぁー、なにかあったかと肝をつぶしたよ」

「なにか、なんて。私に限ってございません」

そう漏らすと、敏正さんは手の力を緩めて私を解放し、今度は両手で頬を包み込んだ。否応なしに視線が絡まり、激しくなる鼓動が彼に聞こえないか心配になる。

「郁子は自分をわかっていない」

「えっ？」

なぜか少し怒気を含んだような声が、私の緊張を誘う。

「こんなに魅力的なのだから、下心のある男はいくらでも寄ってくる。どこにも触れられてはいないか？」

魅力的？　それならどうして抱いてくださらないの？　仕事のために結婚した、ただの駒だから？　もしそうなら、勘違いするから優しくしないで！

富子の旦那さまの話を聞いたせいか、そんな思いが湧き起こったものの、口にする勇気はない。

「はい」

「よかった。郁子にこうして触れていいのは俺だけだ。危ないから、人気《ひとけ》のない場所にひとりで行ってはいけないよ」

触れるって……。額に唇を押しつけられたことはあれど、口づけすらしていないのよ？

敏正さんの言動がちぐはぐで、余計に不安が募る。

「承知しました」

私は複雑な気持ちでうなずいた。

湯浴みのあとは、いつも彼の部屋で抱きしめられながら眠る。

今日も同じ布団に入ると、すぐに腕を回されて引き寄せられた。

「こうしていると落ち着く」

「本当ですか？」

「あぁ。郁子は窮屈か？」

尋ねられた私は腕の中で首を横に振り、こっそり彼の浴衣の襟元を強く握りしめる。

敏正さんだって、触れていいのは私だけです。

そう叫びたいのにできない。面倒な女だと思われて離縁されたら……と思うと怖い。

私、こんなに敏正さんに惹かれているんだわ。

結婚を言いだされたときは目を丸くしたし、よく知らない彼と夫婦の契りを交わすことに不安が募った。けれども今は、彼の妻でなくなるのが怖くてたまらない。

自分の大きな心の変化に驚きつつも、これが恋というものかもしれないと考えながら目を閉じた。


その日を境に、私は自分をもっと磨こうと決意した。

私には、敏正さんに触れてもらえるだけの価値がないのかもしれないと感じたからだ。それに、彼の目が他の女性に向かないように、私だけでいいと思ってもらえるように努力したいと考えた。

といっても、彼をつなぎとめておけるだけの色香を身につける方法など知らない。

三谷の家や女学校で、女性としての所作や、琴や書といったたしなみは教わったので、それなりにはこなせるつもり。ただし、これ以上なにをすればいいのかさっぱりわからないのだ。

「郁子さま、最近元気がないようですが、体調がすぐれないのでは？」

廊下を雑巾がけしていると、春江さんが心配する。

「ですが、このところ勢いがないといいますか……。口数が減ったし笑顔が少ないと敏正さまが心配されていましたよ」

「元気ですよ？」

敏正さんまで？

自分でもぼんやりしている時間が増えたという自覚はある。なにをしていても心が弾まないのだ。

「なにか、お悩みでも？」

「い、いえっ。とんでもない。元気いっぱいですから、ご心配なく」

私は笑顔を作り、雑巾がけを続けた。

どうしたら、敏正さんをつなぎとめておけるの？　妓楼の花魁に敵わないのは、どんなところなのかしら。

吉原の大門で女衒に触れられそうになって拒否したら、『男を喜ばせる手練手管を覚えてから言いやがれ！』と啖呵を切られた。

私は敏正さんを喜ばせる術なんて知らない。やはり、そうした部分が足りないの？

はぁ、と小さな溜息が出てしまう。

足りないとわかっていても、どうにもならないからだ。まさか、敏正さん以外の男性に教えてもらうわけにもいかない。

でも、いつか彼の目が他の女性に向き、もういらないと追い出されるのではと考えると怖い。

自室にこもって、着物の襟元をいつもより大きくはだけさせてみたり、普段はつけない粉白粉《こなおしろい》をはたいてみたり、なんとか艶冶《えんや》な女性を演出できないかと画策してみた。しかし、姿見に映る自分が子供が茶番を演じているようにしか見えず、まったく似合っていない。なにをやっているのだろうと急に冷静になり、自分であきれる始末だ。

色香など、一朝一夕で身につくものではないのかもしれないと考え直し、一旦あきらめて算術の本を開いた。本屋で女学生の頃に学んでいた算術の本を見つけたので思わず手に取り、購入してきたのだ。

「こっちのほうが楽ね」

女学校時代、富子をはじめとした友人たちは、将来役に立ちそうにない算術なんてやりたくないと話していたが、私は結構好きだった。父の世間知らずとどんぶり勘定のせいで傾いた三谷商店を手助けしたいという気持ちもあったので、より勉強に身が入ったのかもしれない。

「郁子」

一度勉強を始めたら没頭してしまい、階下から聞こえる敏正さんの声で我に返った。

「いけない。お出迎え！」

疲れて帰ってきた彼を玄関でお迎えしないなんて、なんたる失態。私は着物の裾をちょっと持ち上げて階段を駆け下りた。

「あ……」

勢いよく下りたところに敏正さんが口をあんぐり開けて立っていたため、やってしまったと顔が青ざめる。

着物をまくり上げるなんて、なんとはしたない。色香を身につけたいともがいていたのに、逆行している気さえする。

「申し訳、ありません」

「あっははは」

とっさに謝罪すると、大笑いされてしまい彼を見上げる。

「よかった。安心した。最近の郁子は火が消えたかのように静かで、心配していたんだぞ。これでこそ郁子だ」

きっとおてんばな私でいいと言われているのに、富子から旦那さまの女遊びを聞いてしまったせいか、胸がチクチク痛む。

「で、ですが、男の方はもっとたおやかで艶っぽい女性がお好きなのでは？」

思いきって尋ねると、彼は目をぱちくりして私を見つめる。

「そういう男もいるかもしれないが、俺は郁子だから妻にしたんだぞ。そういう女がいいなら、そうしている」

　それならどうして、一度も手を出そうとしないの？　それに、私との結婚を選んだのは、三谷商店を再興させて自分の力を示したいからでしょう？

「そんなことを気にかけて、おとなしくしていたのか？　郁子は郁子らしく振る舞ってくれたほうが毎日が楽しいのだから、今まで通りにしてくれ」

　どういうことなのだろう。混乱してきた。

「そう、ですか……」

「あぁ。飯にしよう。春江が準備してくれているから、着替えを手伝ってくれ」

「承知しました」

　私は彼に続いて、再び階段を上がった。

　部屋の障子を開けたままで出ていったせいで、敏正さんが私の算術の本に気づいてしまった。

「あれはなに？」

「算術の勉強をと思い、買い求めてきました」

「算術？　そういえば女学校でも学んでいたと話していたね」

　そんな些細な会話を覚えているの？

「はい。難しいのですが楽しくて」

「楽しいならいい。お前は母上と同じで、なにかしていないと気が済まない性分のようだし」

「お母さま？」

まだ数回しかお目にかかったことはないけれど、とても女性らしい素敵な方だ。

「そう。母上も津田の家に嫁いだときは、どんなに止めても部屋の掃除をやめなかったそうだよ。ちなみに今でも女中と一緒に家事に精を出しているらしい」

「今でも⁉」

たしかに、お父さまにもよく似ているとは言われたけれど、まさか津田紡績という大きな会社の社長夫人となった今も、家事をしているとはびっくりだ。

「母上は家事だけでは飽き足らず、舞を習い始めて今では師範だし、書物が好きで週に何冊も読むんだ。常に新しいものに挑戦しているような人で、おてんば具合は郁子のはるか上を行っているさ」

「まさか」

言葉をなくしていると、彼はクスッと笑う。

「叱られるから秘密だぞ？　でも、社長夫人として人前に出るときは毅然としている。父上がまるで別人だと笑っているけど、そんな母上が自慢だといつも聞かされて、実は少々うんざりしている」

茶化すように話す彼は、私の背を押して部屋に入り、算術の本を手にした。

「こんなに難しいものも解けるのはすごいな。でも、ひとりで学ぶのは大変だろう?」

「はい。わからなくても質問できないので」

答えると、彼はうんうんとうなずいて口を開く。

「今、三谷商店に経理に明るい者を派遣して立て直しを図っている。それで津田紡績のほうが少し手薄なんだ。毎日でなくてもいいし短時間でもいいんだが、手伝ってみるか?」

思いがけない提案に目が飛び出そうになる。

「子爵令嬢を働かせるなんて、とも思うが……」

「やらせてください!」

「ははは。そう言うと思った。父上が、母上や郁子のような女は、自由に飛び回らせてやったほうが輝くぞと話していたんだが、間違いでもなさそうだ」

お父さまがそんなふうにおっしゃったの?

でも、その通りかもしれない。家にこもってばかりで手持ち無沙汰なのは、苦痛なのだ。

「最近は女性の社会進出もめざましい。やりたいことは全部やってみたらいい」

なんて寛大な旦那さまなのだろう。

女性が社会に出るようになったとはいえ、華族では家主が養ってこそ一人前。女を外で働かせるなんて恥ずかしいと考える者もいる。だからか、富子をはじめとして、友人で働いている人は皆無なのに。

「あっ、でも私程度の知識ではご迷惑では？」

「誰だって最初からできるものではないよ。経理部には算術に明るい者がたくさんいるから、経理以外にも教えてもらえるはずだ。やる気さえあれば知識はいくらでも身につく。実戦で学んだほうが早い」

やる気だけはみなぎっている私は大きくうなずく。

「いつか三谷商店の経理を支えられたらと思っていたんです。でも父は女が働くのには反対で、ひたすら良家に嫁に行けと」

「父上くらいの年代だとそうだろうね。でもうちは女工たちの能力に支えられている会社だ。女性の勤勉さはよく知っているし、貪欲《どんよく》に学ぶ者が多いのも知っている。だから工員以外の事務仕事にも女性社員は多いよ。中には女工からのし上がった者もいる」

それはすごい。

紡績会社の女工といえば、低賃金で酷使されるという印象があるが、津田紡績は破格の賃金を支払っているという。だから辞める人が少なく優秀な人材が育つとか。

そんな素晴らしい会社で働けるなんて、最高だ。

「でも誤解するな。あの五千圓のために働けと言っているわけではない。だから、毎日でなくてもいいし、働きに見合った賃金も支払う。好きに使うといい」

「いえっ、賃金なんてとんでもない。本当なら女工から始めるべきなのに」

借金を肩代わりしてもらい、三谷家の生活費の面倒まで見てもらっているのに、賃金もいただくなんてありえない。

「また頑固が始まった。俺の妻が女工はおかしいだろう？　俺もお前も恵まれた環境に生まれた。それをねたむ者はもちろんいる。でも、苦労がなかったわけではないはずだ」

私はうなずいた。

子爵家に生まれたのは幸運だった。だからこそ女学校にも行けた。けれども、幼い頃は厳しいしつけに涙を流したことも数知れず。成長してからも、家の恥にならぬよう常に上品な振る舞いを求められ息苦しかったし、親に指示された通りの結婚も覚悟していた。なにもかも思い通りだったわけではない。

しかも、吉原に売られそうになるという経験までしたのだし。

「皆それぞれ、与えられたものに感謝して、自分の立場でできることをすればいいんだ」

「わかりました。でも私は学ばせていただくのですから、お給料はいただけません。だから、少しでも工員さんに」

彼の話には納得したけれど、やはり三谷商店に大量の資金を投入してもらっているのに、さらにいただくわけにはいかない。

「お前は……。もう降参だ。わかった、給料は払わん。その代わり俺が甘やかそう」

彼は私の腰を抱き、優しく微笑んだ。

本所錦糸町《ほんじょきんしちょう》にある津田紡績本社は、あの広い津田家本邸が五つ六つは軽く入りそうなほどの敷地を有していて、腰が抜けそうになった。ここから少し離れた場所にある工場は、この二十倍以上あるという。

一橋さんに案内された私は、本社の中にある経理部門にさっそく向かった。

「皆さん、お話ししていた津田郁子さんです。どうぞよろしく」

「よろしくお願いします」

一橋さんの紹介に合わせて首を垂れて挨拶するも、なんの反応もない。

ここには七人いるが女性はひとりだけ。あとの六人は男性だ。やはり算術が得意な女性は少ないらしい。

「一橋さん、本当に大丈夫なんですか？ ここはお金持ちのお嬢さんが遊びに来るところではありません」

ピシャリと言い放ったのは、唯一の女性社員。私より六、七歳ほどは年上に見え、きっちり結った髪にかんざしが一本。着物の上に羽織を着ている。

この羽織は会社から支給される制服のようなもので、着物の袖が邪魔にならないように作られている。私も先ほど預かった。

「まあまあ。彼女はただのお嬢さんではありませんから。一緒に働けばわかりますよ」

一橋さんがかばってくれるのがうれしかった。彼の言葉が嘘にならないように頑張らなければ。

「算術はまだ勉強中ですが、一生懸命やらせていただきます。どうかご指導ください」

深々と頭を下げてから体を起こすと、皆あんぐりと口を開けている。

「将来の社長の奥さんからお願いされてる」

手前にいる背広姿の男性がぼそりとつぶやいた。

あれっ、だめなのかしら。

「そういう方なんですよ。だから遠慮なく。郁子さん、私はこれで」

「ありがとうございました」

一橋さんを見送ると、先ほどの女性が近づいてきた。

「初めまして、松尾《まつお》です。そういうことなら遠慮しないわ。よろしく」

私は差し出された手を握った。物言いのはっきりとした人だけど、悪い人ではなさそうだ。

「よろしくお願いします」

「それじゃあまずはそれを着て。インクで袖が汚れるからね。津田さんの席はここ」

どうやら彼女が指導してくれるらしい。

言われた通り制服を纏い席に着くと、松尾さんと同じくらいの歳に見える隣の眼鏡の男性が話しかけてくる。

「経理部にも花が咲いたね。ギスギスした仕事時間に癒《いや》しができたようだよ。……痛っ」

男性は松尾さんに書類で頭をポンと叩かれて顔をしかめている。

「高山《たかやま》さん。私は花ではないとでも？」

「あっ、決してそういうわけでは……」

ふたりのやり取りを見て、他の人たちからどっと笑いが起こる。

この部屋に足を踏み入れた瞬間は緊迫した空気がまとわりついたが、楽しくやっていけるかもしれない。

「津田さん。女は男以上に頑張らないと〝だから女は〟とすぐにほざく輩がいるの。気合入れてね」

「松尾さん、いきなり厳しいですって」

高山さんがこぼしているが私はうなずいた。

「もちろん頑張ります」

「そろばんは使えるのね。さっそくだけど、これが正しいかどうか検算してもらえる？」

「承知しました」

私は渡された書類の束の計算を黙々と始めた。

「津田さん。……津田さん？」

「はっ、申し訳ありません。お呼びになりましたか？」

高山さんに声をかけられてハッと手を止める。

「よかった」

「なにが、でしょう？」

「もう二時間も没頭してるから心配になったんだよ。それにしても、すごいね」

彼は私の机の上の書類を手に取り、なぜか感心している。

「驚いたわ。こんなに速いとは。この間違い、高山さんの書類ばかりね」

松尾さんが口を挟むと、高山さんが苦笑いして頭をかいた。

「敏正さんの奥さまがいらっしゃると聞いたときは大反対したけど、間違いだったみたい」

松尾さんが漏らすので目を見開く。

それは、私を歓迎してくれるという意味？

「さ、もうお昼よ。お弁当かしら？」

「はい。作ってまいりました」

「作って？　女中が作ったんじゃなくて？」

松尾さんの質問に答えると、高山さんが驚いている。

「敏正さんが喜んでくださるので、お昼のお弁当は私がお作りしています」

最近は朝食を春江さんにお願いして、その横で私が敏正さんの弁当をこしらえている。春江さんの料理はもちろんおいしいけれど、私が作るほうが彩り鮮やかでうれしいとか。

「へぇ。敏正さん、愛されてるんだね」

高山さんに指摘されて、頬が赤くなっていないか心配になる。

私は敏正さんを愛している。けれども、彼はどうなのかよくわからない。富子の話を聞いてから、優しさと愛は違うのだと考えて悶々《もんもん》としているのだ。

「ほんと、ご令嬢とは思えないわね」

松尾さんが最初とは一転、にっこり笑ってくれたのがうれしかった。

津田紡績での仕事は週に三日だけ。ひと月も経つと順調に回り始めて、最初は検算だけだったのが少しずつ別の仕事も増えてきた。

「津田さん、この経費を計算して、予算と照らし合わせて間違っていないか調べてくれる？」

「わかりました」

高山さんから預かったのは、三谷商店に関する書類だった。

どうやら私が三谷家の娘だということは知られていないようで、時折三谷商店についての話も上がる。

今日も高山さんと、彼の上司にあたる三十代半ばの橋田《はしだ》さんが話し始めた。

「出向したやつに聞いたけど、三谷の丸の内ビルヂング、とうとう建築費を返却させたらしいね」

「敏正さんもやりますねー」

高山さんがしきりに感心している。

返却？　それではあの詐欺まがいの行為を認めさせてくれたの？

「うん。それに手抜き工事も発覚して、うちの工場を作った建築会社に変更するんだってさ。三谷も見る目ないよね」

手抜き工事？

次から次へと明るみになる事実に驚いて手が止まった。

父の目はどれだけザルだったのだろう。敏正さんに出会えなければ、やはり私が吉原に身を落とすくらいでは済まなかったかもしれない。

「でも、そんなに滅茶苦茶な会社をなんでうちが立て直すんでしょうね。旨みあるのかな」

「どうだろうね。だけど敏正さんがやることだから、勝算があるんじゃないの？　あの人、学生時代から幹部も頭が上がらないほどすごかったし」

高山さんの疑問に橋田さんが答える。

それを聞き、緊張が走った。学生時代から努力して認められてきた敏正さんの能力を三谷商店のせいで否定されるのは困る。

高山さんたちが話している通り、父は商才など微塵もなく、ただ周囲に踊らされ、たまたま景気がよかったからうまくいっていただけ。そんな〝滅茶苦茶な会社〟なのだから、内情はひどいはずだ。

「津田さん。敏正さんって家ではどんな人？」

高山さんに話を振られてなんと答えようか迷う。

「お優しい、ですよ」

「へぇー。美人の前ではそうなるよねぇ。どうやって知り合ったの？　やっぱり親が縁談を持ってきた？」

高山さんが食らいついてくるので困った。まさか吉原の大門の前で拾われたとは言えない。

「それを聞くのは野暮でしょ？　津田さんが幸せそうなんだからそれでいいじゃない」

松尾さんがたしなめてくれて助かった。

ビシッと叱られた高山さんは「すみません」としょげている。

私が幸せそうなら……。

そうね。富子の旦那さまの話を聞いてびくびくしていたけれど、今が幸せなのだから楽しまなくては。

松尾さんの言葉に、視界がぱぁっと開けたようだった。

愛しあえた奇跡

その晩。

「おかえりなさいませ！」

帰宅した敏正さんを出迎えるために玄関に駆けつけると、彼は肩を震わせている。

「ただいま。今日は特別元気だな」

彼から鞄《かばん》を預かったと同時にそう指摘されて、首を傾げた。

「そうですか？」

「うん。仕事を始めてから少しずつ元気を取り戻しているように感じてたけど、今日は憑《つ》き物が落ちたようだ」

無自覚ではあったが、今の幸せを噛みしめてもっと楽しもうと心が切り替わったからだろうか。

「憑き物って……」

「郁子が元気になってきたからか、仕事も絶好調だ。着替えを手伝ってくれ」

にっこり笑う彼は、二階に上がっていく。

「春江さん、食事のお仕度お願いします！」

私が炊事場に向かって大声で叫ぶと、敏正さんがクスッと笑った。

二階の部屋で背広を預かり衣紋掛《えもんか》けにかけていると、彼が口を開く。

「そういえば、昼食のときに一ノ瀬さんが『愛妻弁当だって？』ってニタニタしながら俺の弁当を見に来たんだよ」

「まあ」

副社長が？　経理部で話をしたからかしら。

「だから、いいでしょうと自慢しておいた」

「やめてください。お弁当作り、もっと頑張らないと」

「もう十分だよ。いつもおいしい弁当をありがとう」

彼は私の腰を抱いて引き寄せると、こめかみに唇を押しつける。こうしたことも普段はあまりされないので少し驚きつつも、胸に喜びが広がった。

大丈夫。私は愛されている。

「あっ、ごめん。つい」

「い、いえっ」

照れくさくて目も合わせられない。夫婦なのにおかしいだろうか。

「あのっ。そういえば経理部で三谷商店の話が出たのですが……」

「あぁ、動きがあったから報告しなければと思ってた。食べながら話そうか。浴衣を出して」

「はい」

私は箪笥から藍鉄《あいてつ》色の渋い浴衣を取り出して渡し、先に一階に下りた。

食事の支度と、お風呂の準備まで整えた春江さんは帰っていく。

「今日もありがとうございました」

「こちら、ありがたくちょうだいしますね。楽しみです」

彼女が掲げてみせたのは、私が会社の帰りに揚げ物屋で購入してきたコロッケだ。今晩のおかずにもなっているが、彼女はこれが好物なのだ。

「はい。それではおやすみなさい」

挨拶をして戻ると敏正さんがすでに奥座敷に下りてきていた。

「お待たせしてすみません」

「コロッケか。春江が喜んだな」

「はい。三つ持って帰っていただきました」

春江さんは使用人とはいえ敏正さんは家族のように接していて、いつも彼女へのお土産も忘れない。だから私も必ずそうしている。

「三つは食べすぎじゃないか？」

彼はクスッと笑って、「いただきます」と手を合わせた。

まず味噌汁に手をつけるのはいつもの習慣。今日は玉ねぎと油揚げが入っている。

「これは郁子が作ったな」

「どうしておわかりになったんですか？」

間違っていたためしがない。

「それは、愛の力だろう？」

彼はさらりと口にしたけれど、私はドキッとして目が泳ぐ。

愛の力、か。そうだとしたらうれしい。

「それで、三谷商店なんだが」

椀を膳に置いた彼は、真顔に戻って話し始めた。

「はい」

「やはり建築費用はかなり上乗せされて、ありえない金額になっていた。間に入った男と建設会社の癒着を証明しようと孝義さんに動いてもらっていたんだが、逃げられてしまいそこまでは行きつかなかった。申し訳ない」

「い、いえっ。敏正さんに間に入っていただかなかったら、どうなっていたことか」

正直な気持ちを伝えると、彼は神妙な面持ちでうなずいている。

「過剰に支払っていた分は返還させた。それと……」

彼は眉根を寄せて言いよどむので、私から口を開く。

「手抜き工事ですね」

「聞いたのか。そうだ。それが発覚して、信頼のおける建築会社に建設を依頼し直した。これまでの建築会社はもう一度やらせてくれと申し入れてきたが、自業自得。信頼を裏切った相手は容赦なく切る」

敏正さんの目が鋭い。

春江さんが以前、『時には手段を選ばず目的を達成し、時には冷酷に突き放す』と話していたが、こういうことなのだと肌で感じる。

私の知っている彼とは違うものの、こうした厳しさがなければ、あれほど大きな会社を動かすなんて不可能なのだろう。

「父ではなにもできませんでした。本当にありがとうございます」

私は畳に手をつき頭を下げた。

「郁子。そんな礼はいらない。俺は父上のためというよりは郁子のために動いたのだから。妻を守るのは夫の務めだ」

温かい言葉に、鼻の奥がツンとする。いまだに触れてこない彼にいつか別れを切り出されるのではないかと、びくびくしていたからなおさらだ。

「はい」

私は笑顔を作り、再び箸を手にした。

「今後の商売については、今、話し合いをしている。まずは、どうにも経理関係がどんぶりだから、そこをてこ入れして今の取引を正常化するところから始めようと思う」

「はい。お任せします」

「うん。いずれは総合商社にできないかと考えていて……」

「総合商社？」

　そんな大きな野望があるの？

「あぁ。戦後、世間では物価が下がると予測されていたが、世界の輸出先から情報を集め、俺は高騰すると読んだ。それで、紡績に関する製品以外にもいろいろ買い付けに走ったんだ。結果、高騰して莫大なもうけを出した」

　以前、『新しい事業に挑戦していかなければこの先の発展はない』と話していたけれど、すでに実践しているとは。

　しかも、入社してまだ数年の敏正さんが動いたの？

「すごい、ですね」

「かなりの投資をしたからさすがに緊張したけど、情報を丁寧に紐解けば未来が見える。しかし、紡績会社としてそちらを手広くというのもどうかという意見も出ていて、それならばいっそ三谷商店を大きくして、その事業を引き継げないかと」

　なんて壮大な計画だろう。私には難しくて口を挟む余地もない。

「私にはすごいとしか……。三谷商店にそんな未来があるなんて信じられないですけど、そうなればうれしいです」

「うん。まだ青写真だけどね。そうできるように尽力する。いろいろ根回しもしなければならないから、帰りが遅くなる日もあるかもしれないけど、ごめんな」

「三谷のためにしてくださっているんですもの。私は平気ですから」

何気なく言うと、彼は私を凝視してなぜか怒ったように口をきつく結ぶ。

な、なに？

「そこは、寂しいです、じゃないのか？」

「え……」

意外すぎる言葉に、目を泳がせた。

寂しいけれど……わがままだし、なによりそんな胸の内を告白するのは恥ずかしすぎる。

「俺は寂しいよ。毎日郁子と一緒に飯を食って、抱きしめながら眠りたい」

熱を孕んだ視線で射るように見つめられて、心臓が暴走を始める。

それならどうして触れてくださらないの？

疑問は深まるばかりなのに、そんなはしたない言葉を口にはできない。

「郁子は寂しくない？」

「さ、寂しいです」

つい本音を言わされて、耳まで熱い。

けれども、「そうか」と彼が満足そうな顔をするので、これでよかったのだと感じた。

その晩も、布団に入った彼は私を抱きしめた。

「会社で郁子の噂をよく耳にするようになったよ」

「噂？　なんでしょう。敏正さんの恥になっていなければいいのですが……」

会社ではできるだけおしとやかにするように心がけているので、大きな粗相はしていないと思うけど、心配になる。

「恥どころか、鼻が高いよ。仕事熱心で向上心もあって、しかも素直。偉ぶるところもまったくないと評判だよ」

「あらまあ。そんなに評価が高いと重荷ですわ」

期待させておいて、会ってみたらそうでもなかったとがっかりされそうだ。

「いや、その通りだから問題ないだろ」

「敏正さんまで……」

「算術の勉強も見てもらってるんだって？」

「はい。隣の席の高山さんが、算術がとてもお得意で。休憩時間にお願いしています」

敏正さんが言った通り、実際に経理をしていると本で学んでいるよりずっと計算が速くなってきた。でも計算以外の知識も身につけたくて、教えてもらっている。

「よかったな。しかし、少し……」

「少し？　なんですの？」

彼が言葉を止めるので、離れて顔を見つめた。

窓から差し込む柔らかな月華が、彼の困ったような顔を浮かび上がらせる。

「……他の男と郁子が話しているなんて、こうモヤモヤするというか。いや、忘れてくれ。度量が狭すぎる」

彼は額に手を当て、ふぅと小さな溜息をつく。

そんな彼が意外すぎて目を瞠った。

「忘れません。だって、そんなふうに思ってくださるなんて、私……」

それ以上は恥ずかしくて、彼の胸に顔をうずめてから続ける。

「うれしい、です」

「郁子？」

驚いたような声を発した敏正さんは、私の背中に手を回して抱きしめてくる。

「そう、か。最近、だめなんだ。郁子をずっとこうして閉じ込めておきたくてたまらない。俺が経理をやってみないかと提案したのに、いざ外に出したら心配で落ち着かないというか……」

「大丈夫です。皆さん、お優しいですし」

過保護な彼にそう返事をすると、彼は私の頬にかかった髪をそっとよけてくれる。

「そうじゃない。郁子の魅力に気づいた男が、万が一にもこうして触れたらと考えると、嫉妬で狂いそうになるんだ」

嫉妬？　私にそんな感情を持ってくださるの？　もし彼が花街で娼妓に触れていたら……と考えておかしくなりそうだった私と同じ？

真剣な告白がうれしくもあり、どこかホッとした。

私は思いきって、彼の背中に手を回して隙間をさらに詰める。すると敏正さんは驚いたのか「ん？」と短い言葉を発したけれど、さらに強く抱きしめてくれた。

「私は敏正さんの妻です。皆さんご存じですから、そのようなことをされる方はいらっしゃいませんよ」

「それも、そうだな。はー、お前のこととなると途端に余裕がなくなる」

彼は私の髪を撫でる。

「郁子」

「はい」

「俺の妻になって後悔はないか？」

どうしてそんな質問が出てくるのだろう。後悔など微塵もないのに。

「もちろんです。とても幸せです」

「ありがとう。今日はいい夢が見られそうだ」

彼の柔らかな声色は、私を穏やかな気持ちに導いてくれる。

「はい。おやすみなさい」

「うん、おやすみ」

私は彼の鼓動を聞きながらまぶたを下ろした。

敏正さんの嫉妬を知った私は、いつになく元気いっぱい。

仕事がお休みの今日は、朝から掃除に精を出した。

「郁子さま、私がやりますから」

「私は毎日できないのだから、やらせてよ」

最近は二階の掃除を担当することが多かったけれど、久しぶりに一階の座敷を片づけていると春江さんが飛んでくる。

「女中がいらなくなります」

「あら、春江さんは必要よ。疲れて帰ってきたときに春江さんの顔を見るとホッとするもの」

　本当に母のような存在だ。

　仕事を終えた敏正さんを玄関で出迎える私も、彼の疲れを癒せているかしら、なんて期待するのは、昨日の言葉の数々で少し自信が持てたからだ。

「それは女中の仕事ですか？」

「難しいことはいいじゃない。敏正さんにも私にも、春江さんは必要なの」

　畳をほうきで掃きながら伝えると、彼女はうれしそうに微笑み、床の間を拭き始める。

「ありがとうございます。子には恵まれませんでしたけど、津田家にお仕えできて本当によかった」

　感慨深い様子で話すので、私も胸が熱くなった。

　午後からは銀座にお出かけ。算術の新しい本を購入したいのと、敏正さんに感謝を込めてなにか贈り物をしたいと思ったからだ。

　給料はいらないと固辞していたのに、会社の給料日に『これはこづかいだ』と二十圓ほど握らされたのだ。

　初めていただいた〝こづかい〟という名の給料で、敏正さんに感謝の気持ちを示したいと思った。

「うわー、これ素敵」

敏正さんへの贈り物を見ていたはずなのに、どうしてもきらきら光るガラス製品に目を奪われる。

私が手にしたのは、以前敏正さんに皿をそろえてもらった江戸切子のグラスだ。

こういうものは海外では好まれないのかしら？　着物も蒔絵《まきえ》もいいわね。

ふとそんなことを考えたのは、三谷商店を総合商社にと奔走している話を耳にしたからだ。

たしか江戸切子は、イギリスの職人を招いて技術を学んだと聞いた覚えがあるけれど、綿糸同様、日本製品の水準は高い。諸外国でも絶対に手にしたいと考える人がいるはずだ。

着物も日本独特の文化のようだし、蒔絵の繊細さは溜息が出るほど。

こうしたひらめきが商売につながるのかも、なんて考えながら、次の店へと移動した。

結局、敏正さんへの贈り物はネクタイになった。舶来品《はくらいひん》の腕巻き時計を見ていたのだが高価でとても手が出せず、ネクタイに落ち着いたのだ。

帰りにはもちろん千歳の大福を購入するのを忘れない。春江さんの大好物で日頃の感謝を示そうと考えていた。

帰宅して春江さんに大福を渡すと、大喜びしてくれた。そして、ネクタイは自室の箪笥の奥にこっそり隠した。

最近敏正さんは忙しく、のんびり話ができないため、ふたりの時間がゆっくり取れるときまで内緒にしておきたいからだ。ちょっとした秘密は、私の気持ちをわくわくさせた。

翌日は仕事で、朝から津田紡績に向かう。

いつもは敏正さんと一緒に出るのだけれど、今日は得意先に直行するからと一橋さんが自動車で迎えに来たので、私はひとり電車に揺られての出社となった。途中、遠くに見える山々が赤や黄色に色づいていて美しい。

「おはようございます」

元気よく経理部に入ると、松尾さんがすでに仕事を始めていた。

「おはようございます。津田さんはいつも元気ね」

「はい。お手伝いできるのがうれしくて」

こんなに大きな会社なのだから、私なんていてもいなくても変わらないかもしれない。けれど、ほんのわずかでも敏正さんの手伝いができていると考えると、楽しくて心が弾む。

「うれしいの？　皆、仕事なんて好きじゃないわよ。本当におもしろい人ね」

松尾さんはクスリと笑う。

しばらくすると高山さんたちも出社してきて、たくさんの書類が飛び交い始めた。

「津田さん、この経費の書類が正しいか確認しながら検算してくれる？」

高山さんが私に書類の束を差し出してくる。

「承知しました」

それらの書類にはたくさんの領収書がつけられていて、帳簿への転記が正しいのか確認しつつ検算しなければならない。

その作業を始めて三十分。手が止まった。

「あっ」

小さな声が漏れてしまい、思わず口を押さえる。

手にしたのは敏正さんから提出された書類で、花街の飲食代の領収書がつけられていたのだ。ただ、飲食代にしては高額すぎて私娼を買ったのは一目瞭然。

日付を確認すると、彼が午前零時を回った頃に帰ってきた日の領収書だとわかった。

たちまち心臓がドクンドクンと大きな音を立て始める。

「あぁ、これは私がやるわ」

私の声に気づいた松尾さんが、おそらく気を使ったのだろう。さりげなくその領収書を抜き取っていく。

もうすでに帳簿に記入済みということは、花街の費用は接待に違いない。私娼を買ったのもきっと得意先の人だ。敏正さんじゃない。

私は自分に言い聞かせて、次の書類を手にそろばんを弾き始めた。

その日は、帰宅した敏正さんを笑顔で出迎えたものの、顔がこわばっていないか心配になった。

「ただいま。いい匂いだね。これはカレーライス？」

「はい。カレー粉が手に入ったんです」

今やカレーライス店は街にたくさんあり、大盛況。最近は通信販売でカレー粉を売っていると知り買ってみた。

「それは楽しみだ」

二階に上がっていく彼を追いかける。

「今日は忙しかった？」

「いつも通り、でしょうか」

会社に行った日はもっとあれこれ会話を交わすのに、あの領収書が引っかかって言葉が続かない。

「そうか。俺はずっと出たままで、夕方ようやく会社に顔を出せて疲れたよ」

彼は部屋に入ると、脱いだ背広を渡してくる。それを受け取りながら「お疲れさまです」と口角を上げた。

「郁子」

「はい」

「元気ない?」

彼は鋭い。けれども、花街の領収書を見ただけでやきもきしているなんて情けなくて、とても告白できない。

「元気ですよ。ちょっとお腹が空いてるだけです」

「あはは。それではすぐに飯にしよう」

よかった。なんとかごまかせた。

楽しそうに肩を震わせる彼が、平気な顔をして他の女性を抱いているとは思いたくなかった。

春江さんと一緒に四苦八苦したカレーライスはとてもうまくできて、敏正さんはパクパク口に運ぶ。

「うん。先日孝義さんと一緒に浅草で食べたんだが、その店の味にも劣らないよ」

「ありがとうございます」

褒められているのに〝浅草〟という言葉に反応して、顔がこわばる。

吉原は浅草にあるし、その周辺も有名な花街だ。気にしないようにしようと思っても、心が勝手に反応する。

黙ってカレーライスを口に運んでいると、玄関の戸をドンドン叩く音が聞こえてきて、敏正さんが腰を上げた。

「なにごとだ」

彼が部屋を出ていく前に春江さんが対応している声が聞こえてくる。

「敏正さま！」

そして彼女は焦った様子で敏正さんを呼んだ。

私も敏正さんに続いて玄関に向かう。訪ねてきたのは一橋さんだった。

「そんなに焦って、どうしたんですか？」

「吉原の菊乃《きくの》が、足抜けを見つかり捕まったとか。このままでは折檻されます」

「菊乃が!?」

目を丸くした敏正さんは、その遊女を知っている様子だ。

「すぐに向かいましょう。郁子、出かける」

「は、はい」

彼の迫力に気圧されて返事をしたものの、私の心は複雑だった。夫が遊女のもとに駆けつけるのがうれしい妻がいるだろうか。

浴衣姿のまま出ていった敏正さんは、ひどく慌てていた。

「折檻って」

足抜けというのは、年季も明けておらず、借金の返済も済んでいないのに吉原から逃げようとすることだ。

「大変ですわね。吉原の足抜けに対する罰はとても重いと聞きますし、ひどい場合それが原因で亡くなることもあるとか」

「亡くなる……」

以前敏正さんが『吉原に足を踏み入れた女が出る方法は三つしかない』と教えてくれた。足抜けは、その三つには入らない許されざる方法ゆえ、死に至るほどの厳しい折檻を受けるのか……。そういえば敏正さんもそう話していたような。

でも、どうして菊乃という遊女が折檻を受けるからと、敏正さんが飛んでいかなければならないの？　彼がなじみの客だから？　いや、もしかしたら本気で愛しているの？

またあの領収書が頭にちらつき、気持ちが落ちる。

大切な人なんだわ。

妻を放って駆けつけるほど、敏正さんには大切な遊女なのだ。

「春江さん、片づけをお願いできますか。ちょっと疲れてしまって、私は部屋で休みます」

「かしこまりました。大丈夫ですか？」

「横になれば大丈夫。よろしくお願いします」

私は二階に駆け上がり、自室の障子をピシャリと閉めた。

「政略結婚だものね……」

何度も敏正さんの愛を感じることはあったけど、所詮は利益が一致しただけ。

敏正さんに手を差し伸べてもらえて本当に助かっている。これ以上を望むなんて贅沢だ。

自分にそう言い聞かせたものの、玄関を飛び出していくときの彼の背中を思い出して、その場にへなへなと座り込んだ。

その晩、敏正さんは帰ってこなかった。

結婚してから初めてのことで、しかも吉原の遊女のもとにいるとわかっているので、胸が痛くてたまらない。

もしや菊乃さんは、敏正さんと一緒になりたくて足抜けしようとしたの？

不安が募り、気を抜くと涙が勝手にこぼれている。

「郁子さま」

いつの間にか東の空が明らんでいて、廊下から春江さんの声がする。

「はい」

「体調はいかがですか？」

「まだ少しだるいの。朝食はいいわ」

食欲などまったくない。

「お医者さまをお呼びしたほうが……」

「あぁっ、それには及びません。慣れない仕事で疲れが一気に出ただけですから。今日はお休みなのでゆっくりします」

「承知しました。……敏正さまはお戻りではないんですね」

当然の質問に一瞬言葉が詰まる。

「……そう、ね。春江さん、今日はもういいわ。春江さんもたまには休憩して」

「そういうわけにはまいりません。郁子さまのお体も心配ですし。なにかあったら声をかけてくださいね」

彼女に障子を開けられなくてよかった。きっと真っ赤な目をしている。

それからしばらくすると、どうやら敏正さんが帰ってきたようだ。彼は今日も仕事なので着替えに来たのかもしれない。

「郁子」

廊下から小声で名を呼ばれたものの、ギュッと目を閉じて寝たふりをする。すると彼はそーっと入ってきて、私の枕もとに座った。

「ごめんな。体調が悪かったなんて気づかなくて。そういえば昨日少し変だったもんな」

体調が悪いと訴えれば行かないでくれたの？　ううん、折檻を受けて最悪亡くなってしまうかもしれない大切な人を、放っておけないわよね。

でも、私はあなたの妻なの！

落胆と反発心でいっぱいになりながら、心の中で叫ぶ。

「ゆっくり眠りなさい。仕事もしばらく休んでいいから」

彼は私の頬にそっと触れてから出ていった。

その手で、菊乃さんに触れたの？　私のことは抱こうとすらしないのに？　彼女が命をかけてでも足抜けしようとするほど、強い結びつきがあるんでしょう？

次から次へと苦しい思いが飛び出してきて、閉じた目から涙があふれ止まらなくなる。

それからしばらくして静寂が訪れた。

私は布団を抜け出し、窓から庭を眺めた。ハナミズキは赤い実をつけ、葉を美しく紅葉させている。

この木に花が咲いていた頃、初めてこのお屋敷に足を踏み入れたんだなと懐かしく感じる。

あれから怒涛の展開だった。敏正さんに政略結婚を申し込まれ、あっという間に妻の座に収まった。

思えば、私は彼をまだよく知らない。

菊乃さんに本気の恋をしているが吉原の遊女では叶わず、仕事のために私を娶ったのだろうか。

けれども、津田家ほどの財力があれば、身請けのためのお金も用意できたのでは？

ご両親が許さなかった？

考えれば考えるほど混乱して、頭が痛くなる。

私の吉原行きを阻止してくれたのは、菊乃さんとの結ばれない苦しい日々があったから？　遊女の胸の内をよく知っている彼は、売られる私に必要以上に感情移入したのかもしれない。

でも……。三谷家が必要としていたお金を用立ててもらい、なおかつ会社の立て直しにまで手を貸してくれるのだから、この結婚は間違っていなかった。敏正さんに頼らなければ借金が膨らんで、泰子まで売られていた可能性だってあるのだし。

「贅沢よね」

敏正さんが仕事を成功させるために私を妻にするのだと承知した上で求婚を受け入れたのに、今さら愛が欲しいなんて。

私は唇を噛みしめ、必死に自分の気持ちを落ち着けようとした。


春江さんに、今日も遅くなるという敏正さんからの伝言を聞いた私は、きっとまた吉原に行くのだろうなと落胆した。

「郁子さま、本当に大丈夫ですか？　敏正さまがとても心配していらっしゃって。あまり調子が悪いようならどうにか帰るから、会社に電話を入れるようにと」

「そんな、電話なんて。本当に平気です。緊張して気を張っていたから疲れただけですよ」

気分がすぐれないのは病気のせいではない。

春江さんがあまりに心配するので夕食の膳は用意してもらったものの、半分くらいしか食べられない。お風呂につかるとすぐに二階に上がり、また自室で床に入った。

そのままうつらうつらしてしまい、目を覚ますともう辺りは真っ暗になっている。

ふと顔を横に向けると、敏正さんが畳の上に寝転がり、スースーと規則正しい呼吸を繰り返していたので驚き、布団をかけた。

今日はお帰りになったのね。

あれから菊乃さんはどうなったのだろう。気にはなるが、どんな答えが返ってくるかと考えると、怖くて自分からは聞けない。

隣にいるのがいたたまれなくなりそっと布団から出ようとすると、彼の手が伸びてきて捕まった。起きているのかと思ったけれど眠ったままのようだ。

こんなこと、しないで。菊乃さんに心があるなら、思わせぶりな態度は取らないで。あなたを愛してしまうから――。

ううん。もう、愛してしまった。

菊乃さんの話を聞いて食事がのどを通らなくなるほど、あなたを好き、なのに。

敏正さん……。

心の中で彼の名を呼び、広い胸に頬をぴったりとくっつける。そして、彼の浴衣を握りしめたまま目を閉じた。

翌朝は早起きをして、かまどに火を入れた。

ずっと沈んでいては追い出されてしまうかもしれない。敏正さんは元気な私がいいとおっしゃるんだもの。

　朝食用のおかゆを煮込み始めた頃、春江さんもやってきて目を丸くしている。

「おはようございます。郁子さま、まだ万全ではないのでは？　私がいたしますからお休みください」

「いいえ。私、動いていたほうが元気みたい。今日はさつまいもがゆにしてみたんだけど味はどうかしら？」

　ボーッと過ごしていると余計なことばかり考えてしまう。敏正さんの心は私にはどうにもできないのだから、せめて嫌われないように、そして重荷にならないように明るく振る舞わなくては。

「郁子さま、もしかしてご懐妊では？」

　期待いっぱいの表情で春江さんに尋ねられて、ハッとする。

「ごめんなさい。違うの」

　私たちは、子ができる行為すらしていないの。

「そう、ですか。おふたりのお子さまはかわいいだろうなと思って、はやとちりしました。申し訳ございません」

「いえいえ。味見していただけますか？」

　顔が険しくなりそうで、慌てておかゆの味見を彼女に依頼した。

「……優しい味ですね。敏正さまもお喜びになりますよ。さ、あとはなににしましょうか」

楽しげに働き始めた春江さんを見て、私も味噌を手に取った。

朝食は敏正さんと向き合って食した。

「郁子。顔色がまだすぐれないね。本当に疲れただけか？　医者に診せたほうが――」

「平気です。ほら私、動いていないほうが調子が悪くなるんです。今日はお仕事にも行きますから」

彼の発言を遮り、早口で伝える。

「仕事は休みなさい。どうにでもなる」

「それはわかっています。でも、敏正さんの妻だからと甘えたくはありません。そもそも私がお願いしてやらせていただいているのですから」

たしかに人手が足りないとは感じた。しかし、別のもっと有能な人を雇えばよかったのにお願いして入れていただいたのだからきちんと働きたい。

それに松尾さんが『女は男以上に頑張らないと〝だから女は〟とすぐにほざく輩がいるの』と話していた。きっと彼女はそうならないように努力を重ねているのに、私の行動でその努力を帳消しにしてはならない。

「でも、誰だって調子の悪いときは休養するぞ」

「もう大丈夫ですって」

お願い。私に余計なことを考える時間を与えないで。

「そう、か。お前がそんなに言うなら」

彼は渋々納得してくれた。

経理部ではひたすら検算に没頭した。帳簿づけも少しずつ教えてもらってはいるけれど、今は考える暇なくそろばんを弾いているのが一番いい。

「津田さん、ちょっと頑張りすぎじゃない？」

「はっ……」

松尾さんに指摘されて、ようやく手が止まった。没頭していたら、いつの間にか出社してから三時間ほど経過している。

「どうかしたの？　眉間にしわが寄ってるけど」

「えっ？　そうですか？」

あぁ、だめだ。これではこの先、敏正さんの妻は務まらない。

たとえ心に別の女性がいたとしても、彼は将来津田紡績を引っ張るお方。会社のために自身の結婚も犠牲にして踏ん張っているというのに、私が足を引っ張るなんてもってのほかだ。吉原の大門の前に立ったとき、すべてを捨てる覚悟があったのだから、これくらいで動じてはいけない。

「少し休憩します。もうお昼ですね」

「今日もお弁当？　いい奥さまね」

「松尾さんは嫁に行かないんですか？」

私の弁当箱に視線を送った松尾さんに、高山さんが尋ねた。

「行くわよ、近いうちに」

「それって……」

いつもきびきびしている松尾さんが妙に照れた顔をしているので、気持ちが上昇していく。

「婚約したの。春くらいに、嫁に行く予定」

「おめでとうございます！」

私が勢いよく立ち上がりお祝いを口にすると、松尾さんがクスクス笑っている。

「こういうところ、将来の社長夫人とは思えないわね。でも、好きよ」

「私も松尾さんが大好きです！」

興奮気味に伝えると、彼女の結婚話にあんぐりと口を開けていた高山さんも、顔に笑みが広がった。

その後はお弁当を食べながら、松尾さんの結婚話で持ち切りになった。

「それじゃあ、きっかけはお見合いでも、恋愛結婚と同じですね」

私が言うと、松尾さんは照れくさそうにうなずく。

半年くらい前にお見合いをしたあと、何度も逢瀬《おうせ》を重ねてお互いに気持ちを通じ合わせてからの結婚だとか。

出会ってわずか十日で結婚を決めた私とは違い、長く時間をかけているせいか、それぞれの欠点まで知り尽くしているらしい。それでもと思えるのだから、きっとうまくいく。

「私は気の合わない人と一緒になるのは絶対に嫌だったの。だからすぐには結婚しないで待ってもらった」

とても優しい顔で語る彼女から、幸福感が漂ってくる。それをうらやましいと感じている自分に気づき、ハッとした。

子爵家に生まれたからには、父が決めたお相手のところに嫁ぐ覚悟があった。それなのに私、こんなに恋愛結婚にあこがれていたんだわ。

「それじゃあ、もう安泰ですね。私まで幸せな気持ちになれました」

「津田さんは、皆がうらやましがるような結婚をしてるじゃない。幸せでしょう？」

「……そう、ですね」

少し前なら『はい』と勢いよく答えたのに、今は戸惑いを隠せなかった。

敏正さんは十七時過ぎに帰宅した。こんなに早いのは初めてで、慌てて玄関へと出迎えに走る。

「郁子。これから吉原に行かなくてはならなくなった。すまないが夕食はいらない。夜は冷えそうだから、外套《がいとう》を出してくれるか？」

どうして平然と吉原に行くなんて妻に言えるの？

私は心の中で反発しながら、二階に上がっていく彼のあとを追い、震える手で〝とんび〟と言われる外套を準備する。

どうしたら、私だけの夫でいてくれますか？

何度も口から出そうになる言葉を呑み込む。

「ネクタイを汚してしまって。替えに帰ってきたんだ」

彼がネクタイをスルッと外したのを見て、私はとっさに自室に走った。そして、箪笥の奥に隠してあった新しいネクタイを手にして彼のもとに戻る。

吉原の件があり、すっかり忘れていたのだ。

「敏正さん」

「ん？」

「これをしていってはいただけませんか？」

別のものを結ぼうとしている彼に、濃紺のネクタイを差し出して訴える。

せめて、ネクタイだけでもそばに置いてほしいという、妻としての意地だった。

「これ、どうしたんだ？」

「初めてのお給料で購入してきたんです」と話しつつ、滲《にじ》む瞳に気がついて顔を伏せた。

「俺のために？　うれしいよ。ありがとう、郁子」

やはり彼は優しい人だ。喜んでいるふりまでしてくれる。私からの贈り物なんて、本当はいらないと思っているくせに。

もう、だめだ。心に少しも余裕がなくて、涙を我慢できない。

「郁子？　どうしたんだ？」

はらはらとあふれだした涙を止められないでいると、驚いた彼が私の両肩に手を置いて顔を覗き込んでくる。

「なんでもありません」

もう行って。このままでは、とんでもないことを口にしそうだ。

「そんなわけがないだろう？　体調が悪い――」

「違います」

心が痛いの。

きっぱり否定すると、彼は私を抱き寄せる。

「それなら、どうした？　ここ数日落ち込んでいたけど……。はっ」

敏正さんは思い当たったというような声をあげて、体を少し離す。そして私の頬に伝う涙を大きな手で拭ってから、視線を絡ませてきた。

「まさか、吉原のことを気にしているのか？」

肌が粟立《あわだ》ち、血の気が引いていく。

まさか、だなんて。私が気にしないと思った？　彼にとって私はその程度の存在なの？

絶望に胸が震え、ますます涙が止まらない。

でも、最初から政略結婚だと承知していたのに、敏正さんに恋をした私が悪い。

「郁子？」

彼に優しく名を呼ばれ、もうこれ以上想いを隠しておくなんて無理だと思った。

だって私は……敏正さんを愛してしまったから。彼を世界で一番お慕いしているのだから。

「……敏正さんは私の夫です。私だけの……。行かないで」

「郁子……」

とうとう胸の内を吐き出してしまった。すると彼は私をグイッと引き寄せて抱きしめてくる。

これはどういう意味？　泣かせた罪滅ぼし？

私は所詮政略結婚の相手。こんな告白をしたら面倒なだけだとわかっているのに止められなかった。

「郁子、誤解だ。先日の件は、いつも接待で世話になっている遊女の話なんだ。俺は、彼女はもちろん、他の遊女も買ったことはない」

それを信じろと言うの？

私は彼の腕の中でいやいやと首を横に振って抵抗する。

「信じてほしいなんて勝手な言い分だな。でも事実なんだ。菊乃には幼なじみの間夫がいる。でも農家の長男でとても遊郭に通う金がない。だから、こっそり手紙を届けてやったりもした」

彼は私を抱きしめたまま諭すように話す。

間夫は敏正さんではないの？

「しかし、身請けの話が持ち上がり……その前に一度でいいから会いたいと抜け出そうとしたんだ」

それが、失敗して捕まったあの日？

少し冷静さを取り戻してきた私は、彼の腕に包まれたままじっと耳をそばだてる。

「菊乃には何度も助けてもらった。同じ妓楼の別の遊女に入れあげている政府の高官がいてね。俺はその人の接待で足を運ぶことが多いんだが、目当ての遊女に他の客がついていると、俺が金を出し渋るからだと怒りだすんだ」

彼は小さな溜息をついてから続ける。

「しかし、指名した遊女に先客がいる場合、振袖新造という水揚げ前の遊女が相手をするのが遊郭のしきたりなんだ。振袖新造は同衾を許されていない。だから余計に怒りが爆発して、その矛先が俺に向く」

なんとわがままな高官なのだろう。

「横柄な振る舞いをする客は嫌われる。その高官も案の定、有名な嫌われ者だ。ただ、怒らせてばかりでは俺の顔がない。そういうときは決まって菊乃がなだめて相手をしてくれた。彼女は座敷持ちの遊女でね。高官の相手をする間、俺や孝義さんに自分の部屋を貸してくれたんだ」

つまり、菊乃さんは敏正さんではなく、その高官の相手をしていたということ？

自分も吉原に身を沈めようとしていたのに、遊女たちの厳しい現実から目をそらしていたのかもしれない。嫌われ者の客相手でも、みずから進んで肌を重ねなくてはならないつらさを、理解できていなかった。

「馬鹿だな、俺。郁子が不安に思うことくらい、少し気を回せばわかるのに。俺としてはやましいところがひとつもないから説明もしなかったが、きちんと話すべきだった。すまない」

背中に回った手に力がこもる。

「郁子。俺は……お前を愛している。世界でたったひとり、お前だけを」

えっ？　今、なんて？

「この想いは、郁子には迷惑なのではないかとずっと――」

「迷惑なわけがありません」

敏正さんの言葉を遮ると、手の力を緩めて体を離した彼は私に熱い眼差しを注ぐ。

「初めて吉原の前で郁子に会ったとき、『気安く触れないで』と毅然としていたお前を美しいと思った。朝日に照らされた凛々しき表情に目を奪われた」

彼は私の両頰を大きな手で包み込みながら話す。

「愛おしいと強く思うようになったのは、一緒に生活するようになってからだ。美しいだけでなく優しくて強くて、そして温かい心を持つ郁子に心が吸い寄せられて……そばに置きたいと」

私、を？

信じられないような言葉に、しばし呆然としてしまう。

「私との結婚は、三谷商店の再興のためではないのですか？」

三谷商店を大きくして津田紡績に貢献させるとともに、自身の手腕を知らしめるための結婚でしょう？

「それもある。ただ、それはあとづけだ。郁子への愛が先だった。お前に魅力がなければ、政略結婚など思いつきはしなかっただろう。しかもお前と夫婦になれて、ますます愛おしい気持ちが募っている」

敏正さんのひと言ひと言がうれしいと思う反面、すべてを信頼していいのかわからず激しく心が揺れる。

「それでは……」

私はそこで口をつぐんだ。

それならどうして抱いてくれないのか尋ねたいのに、勇気が出ない。

「どうした？　疑問や不満があるのなら全部吐き出して。俺は、郁子を失いたくない。絶対に」

私に切なげな視線を投げかける彼は、語気を強める。

ドクンドクンと大きな音を立て始めた心臓が、口から飛び出してきそうだ。

やはり、うやむやにしたままでは一緒に暮らしていけない。

そう強く感じた私は、すーっと息を吸い込んでから口を開いた。

「ど、どうして、私に触れてくださらないのですか？　私に女としての魅力がないからですか？　そうですよね、こんな色香もないおてんば……あっ」

涙を流しながら話している途中で、彼に強く抱き寄せられて大きな胸にすっぽりと収まった。

「違う。違うんだ、郁子」

彼の悲痛な叫びが耳に届き、少し驚く。

「俺は……触れたくてたまらない。こうして抱きしめるだけでも、心がしびれる。本当は……郁子を抱きたい」

「それなら、どうして……」

「お前に政略結婚を申し出たとき、身請けと同じと言われて、その通りだと思った。無論、俺は郁子を愛し始めていて自分だけのものにしたいと強く思っていたが、家のために結婚をと提案された郁子にとってはそうだと」

まさか、私のあのひと言が彼を苦しめているとは思いもよらなかった。

「だから、郁子がいつか俺に心を許し、本物の夫婦になれたらそのときはと思っていた。だが、郁子の胸の内などわからず、安易に触れたら嫌われるのではないかと怖かった」

私は彼の腕の中で首を横に振る。

私はずっと……。ずっとあなたをお慕いしているのに。

「それが、郁子を苦しめているとは知らず……」

「私は……。私は、敏正さんをお慕いしております」

彼の腕に力がこもり、私は広い胸に頬をつけてしがみつく。

「政略結婚という申し出があったとき、たしかにそれではお金で買われるようだと感じてあのような言葉を口にしてしまいました。でもそれは、もうすでに敏正さんに心惹かれていたからです」

だから、政略結婚というのがつらかった。

そもそも、子爵家に生まれたからには決められた相手と契りを結ぶ覚悟はあった。

ただ、愛し始めていた相手に、〝愛してはいない〟と念を押されたようで、胸が痛くてたまらずあんな言葉を口にしたのだ。

「私は、敏正さんと愛で結ばれたかった」

でも、実家の窮地を助けてもらった分際でそれを望むのは贅沢だと思い、呑み込んだ。

私が胸の内を打ち明けると、敏正さんは「あぁ」と溜息交じりの言葉を吐き出し、私の頭を抱えるように強く密着して離そうとしない。

「俺はなにをしていたんだ。こんなに愛おしい郁子を苦しめて。政略結婚なんてくだらない口実をつけないで、お前が欲しいと告白すればよかった」

「敏正さん……」

「あの頃、三谷商店への関わりにいい顔をされなくて、真っ先に郁子が妻ならいいのにとふと頭をよぎった。そうしたら仕事もうまく運ぶと。家のためにと言えば、郁子は結婚を承諾してくれる。ずっとここにいてくれると姑息《こそく》な思いを抱いた俺が悪いんだ」

まさか、敏正さんほどの人が、自信がなかったとでも？

「ずっと会社のことだけを考えて生きてきたからか、女の口説き方も知らない。父や母の仲睦まじい様子を見てきて、いつかあんな温かい家庭を持ちたいと思っていたのに、いざ理想そのものの女を前にしたら、焦りと不安ばかりで、仕事のような手段で郁子を妻にしてしまった」

彼はとんでもなく不器用な人なのかもしれない。

「情けないな。妻を苦しませるまで気がつかないとは」

落胆した声が耳に届き、胸が痛い。

「敏正さんは……。まだ私を好いてくださっていますか？」

「もちろんだ」

彼は体を離したかと思うと、熱を孕んだ視線を向け、指でそっと私の唇をなぞる。

「何度この唇に口づけしたいと思ったか」

視線が絡まり合い、全身が熱を帯びていく。

私も……彼の唇が欲しい。

「口づけ、してください」

女がこのような発言をするのは、はしたないとわかっている。けれど、敏正さんに愛されたくてたまらない。

「郁子。愛してる。一生お前だけを、愛してる」

彼の柔らかい唇が私のそれに重なった。何度も角度を変えて重なり続ける唇の熱を感じながら、うれし涙が止まらなくなる。

私は彼のシャツを強く握りしめたまま、接吻《せっぷん》に夢中になった。

「はっ……。すまない。止まらない」

しばらくしてようやく唇を解放した彼は、再び私を腕の中に誘う。

「幸せだ。俺は今、世界で一番幸せだ」

そして彼がしみじみと吐き出すので、私の胸も幸福で満たされた。

まさか、敏正さんと想いを通じ合わせられるとは。

「敏正さま。一橋さまが呼んでいらっしゃいます」

廊下から春江さんの声がして、慌てて離れる。そういえば、吉原に行くと言っていたけど……。

「郁子。お前も一緒に行こう」

「えっ？」

今晩も接待だったのではないの？

「今日は菊乃の大切な日なんだ。どうしても行かなければならない理由がある。説明してくれない車の中で話すから、暖かい恰好をしておいで」

どうしても行かなければならない理由？

まったく見当がつかないが、私を連れていくと言っているのだから、やはりやましくはないのだろう。

「承知しました」

私は涙を拭い彼から離れようとした。けれども腕を引かれて振り向くと、不意に唇が重なり、心臓が跳ねる。

「ネクタイ、うれしいよ。大切にする」

「は、はい」

これが本当の夫婦というものなのかしら。

照れくさくてたまらない一方で、これが夢なら覚めないでほしいと強く願った。

外套を纏った敏正さんは、私の手をしっかりと握り、玄関先で待ち構えていた自動車に近づく。すると、後部座席に座っていた一橋さんが降りてきて目を丸くした。

「郁子さんも行かれるんですか？」

「はい。話はあとで。急ぎましょう」

「そうですね」

どうしてそんなに急いでいるのだろう。

一橋さんが助手席に移り、私と敏正さんが後部座席に座ると、運転手がさっそく自動車を発進させた。

「あの……なにがあるのでしょう？」

状況を理解できない私が口を開くと、敏正さんが話し始めた。

「今日は菊乃を買った男がいてね。身請け話が出ている今、本当なら他の男がひと晩買うことはできないんだが、妓楼の主人に頼み込んだんだ」

「敏正さんが、ですか？」

「そう。その男が遊女を買うのは初めてなんだ。間違いなく邪険にされて終わりだからね」

つまり、その男性に橋渡ししたの？

「菊乃は二十一になるのだが、十四のときに貧しい農村から売られてきて、十六で客を取り始めた。器量も申し分なく人当たりもいいことから人気が出て、なじみの客から身請けという話になった」

私より幼い頃から客を取っていたなんて、気の毒でならない。

「今日、菊乃を買うのは、菊乃の想い人――つまり間夫なのだ」

「それじゃあ……」

敏正さんは、望まぬ身請け話を受けなければならない菊乃さんを不憫に思い、今日の機会をお膳立てしたのだろうか。

「無論、他言無用だ」

「もちろんです」

そのようなことを知られたら、身請けの相手の逆鱗に触れること間違いなしだ。

「その男は、菊乃が売られてから何度も、田舎から何時間も歩き通しで吉原に来ていたのだが、男には菊乃を買うだけの金がなく、見世《みせ》に出ていた彼女が買われるまで何時間でも見ていたそうだ」

目の前で好きな女性が他の男に買われるところを見ていなければならないとは、なんて切ない話なのだろう。

「しかし菊乃が売れっ子になると見世にも出なくなり、姿を拝むことすらできなくなった。菊乃も男が忘れられなくて、手紙を届けてやるようになったんだ」

「そうでしたか」

ふたりの苦しみが乗り移ったかのように胸が痛む。

「今日は、ふたりにとって最初で最後の夜……いや、最初の夜になる」

〝最後〟を外した意図が私にはわからなかったが、ようやく会えるふたりが同時に別れを告げなければならないと思うと、涙があふれそうになる。敏正さんが大門前で私を止めてくれなければ、そうした苦しみを味わっていたかもしれないからだ。

顔をしかめると、敏正さんがそっと手を握ってくれた。

「郁子。人の人生は様々だ。俺はあの日、郁子に出会えて幸せになれた。郁子もそうだとうれしい」

「もちろんです」

幸せになれたのは私のほうだ。あの日、彼に拾われて人生の行き先が大きく動いた。

「そうか。菊乃の人生は波乱万丈。しかし運命を変えられるのは俺ではない。菊乃は菊乃自身で、道を切り開いていくだろう。彼女は強い女だ。不幸になると決まったわけではない」

「はい」

彼女の想い人が身請けできれば最高だ。けれど、身請けにかかるお金を用意できる者はそうそういない。

彼女のこれからが、少しでも希望の灯る道であるように、私には祈ることしかできなかった。

そんな話をしているうちに、あの大門の前に到着して私たちは車を降りた。

「孝義さん、あとはお願いします」

「承知しました。それではのちほど」

一橋さんは私たちから離れていく。

敏正さんは私の手をしっかりと握り、四郎兵衛番所で私のための切符を求めてから吉原の中へと足を進めた。この切符がないと女は出入りできないのだ。

「はぐれないように気をつけなさい。郁子は美しいから、すぐに男から声をかけられそうだ」

「美しくなどございません」

敏正さんにこれほど甘い言葉をささやかれると、恥ずかしさのあまり声が小さくなっていく。

私は初めて足を踏み入れた吉原に、緊張していた。

やがて妓楼には灯りがともり、格子の向こうにずらりと遊女が並び始めた。どこからともなく三味線の音も聞こえてくる。

ここで男は女を吟味《ぎんみ》し、買うのだ。

私も張見世《はりみせ》で品定めされていたのかもしれないと考えると、息が詰まりそうになる。

「菊乃は見世には並ばない。なじみの客で埋まってしまうんだ。あの妓楼だ」

敏正さんはひときわ立派な妓楼に向かって足を進める。そして私の手を強く握ったまま、玄関の前に立った。

「津田の旦那。菊乃が首を長くして待っておりますよ」

用心棒だろうか。随分体格のいい男が敏正さんに話しかけているが、その視線は私にくぎづけだ。遊郭に女連れで来る客などいないからだろう。

「少しわけありでね。あとから一橋がお客さまを連れてくるから、粗相のないようにしてくれ」

「承知しております。ささ、二階へどうぞ」

男は私の存在に首を傾げながらも案内してくれる。

奥の階段へと向かう間に、たくさんの遊女とすれ違った。華やかな着物を纏い、髪にはたくさんの笄《こうがい》やかんざしを飾っている。

禿だろうか、そのうしろをついて回る幼い子の姿もある。

二階にはすでに客も入っており、笑い声や三味線の音が鳴り響いていた。

「菊乃さん、津田さまがいらっしゃいましたよ」

男が襖《ふすま》の向こうに声をかけると、すーっと開く。禿が開けてくれたのだ。

「それではお楽しみください」

男はヘラヘラ笑いながら戻っていった。

敏正さんの背中に隠れたまま中を覗くと、真っ赤な紅を引いたとんでもなく色香漂う女性がこちらをじっと見ていた。おそらく彼女が菊乃さんだ。

大きく開いた襟元が目を引く彼女は、赤紅色《あかべに》の生地に大輪の花々が散らされた色打掛けを羽織り、金糸で刺繍が施された立派な帯を前結びにしている。

「津田さま。おいでなんし。その節は、ありがとうござりんした」

透き通るような白い手をそろえて深々と頭を下げる菊乃さんは、とても二十一には見えない。

お付きの新造に促されて部屋の中に入った私たちは、菊乃さんの前に出された座布団に座った。

「もう傷は癒《い》えたか？」

傷、というのは足抜けしたときに折檻でできたものに違いない。

「はい、もう。津田さまに助けていただけなければ、命を落としていんした」

助かったはずの彼女だが、陰々《いんいん》たる表情を浮かべている。まるで、助かりたくなかったとでも言いたげだった。

「……どなたでありんすか？」

次に彼女は私を不思議そうに見つめて質問してくる。

「妻の郁子だ」

「奥さま……？　今日はあの強欲男の接待じゃありんせんか？」

「強欲男……。たしかになぁ」

敏正さんが肩を震わせている。あの嫌われ者だとかいう政府高官の話だろうか。

「今日は別の者の相手を頼みたい。一橋がそろそろ連れてくるはずだ。まずは、酒と料理を頼むよ」

「わかりんした」

菊乃さんは、新造に指示を出す。

「奥さまを連れてくるとは、わちきへの嫌みでありんすか？」

菊乃さんから少し怒ったような視線を送られたが、たしかに自分は場違いなのかもしれない。

想い人と結ばれず、好きでもない男に身請けされる彼女は、幸せそうな夫婦など見たくもないはずだ。

「郁子は、大門の前で拾ったのだ」

敏正さんが伝えると、菊乃さんの目が大きく開く。

「大門、の？」

「そうだ。父上が作られた借金のせいで、女衒に売られるところだった」

「それは……なんと運がいい話でありんしょう」

「たしかに、あの日俺が接待に赴いていなければ、出会えなかっただろうな」

敏正さんはこんな話をしてなにが言いたいのだろう。菊乃さんには酷ではないのかと内心はらはらしながら黙っていた。

「菊乃。人生、どこでなにがあるか誰にもわからない。しかし、死んではなにも起こらない」

そうか。敏正さんは、命を大切にせよと伝えたいのだ。

「されど、どこも地獄でありんす」

苦しげに吐き出す菊乃さんを見て、胸が痛くてたまらない。隣の敏正さんも、小さく溜息をつき黙り込んだ。

「――私、ここで必死に働けば、年季が明ける前に出られるとばかり思っていました。吉原がどれだけ厳しいところかも知らず、浅はかでした」

私が突然口を開いたからか、菊乃さんが驚いている。

「それは……わちきも同じでありんす。好かねえことを我慢すれば、たくさん稼いで田舎に帰れるとばかり思っていんした」

唇を噛みしめる彼女は、おそらく想い人を頭に思い浮かべている。そう感じた。

「身請けがうらやましいと言う女郎もいんす。でもわちきは……一生あの男に縛られて生きていくくらいなら、ここで死にとうござりんした」

眉をひそめる菊乃さんだったが、涙はこぼさない。それが彼女の意地のような気がして胸を打たれた。

「安全な場所をいただいた私が発言するのは失礼だと承知しています。でも、言わせてください。菊乃さんの心にいらっしゃる方は、どんな形であれ菊乃さんに生きていてほしいと望まれるはず。もしその方が菊乃さんのあとを追われたら、うれしいですか?」

問うと、彼女は当惑の表情を浮かべる。

間夫と心中する遊女もいるようだ。今世で結ばれないのならあの世でと考えるのだろう。

菊乃さんが絶望のあまり命さえ手放してもかまわないと考えた気持ちは、私にだってわかる。けれども、彼女が亡くなれば、そのお相手も死を望むかもしれない。

命をかけても愛を貫きたいと想う相手を、彼女が死に引きずり込みたいとはどうしても思えない。敏正さんの窮地を何度も救ってくれた優しい人だから。

「あの人が、わちきのあとを?」

「愛情あふれる方だとお聞きしました。菊乃さんをひとりで逝《い》かせたくないと思われても不思議ではないと」

先ほど敏正さんから聞いた話を思い起こすと、菊乃さんの想い人は彼女が自分のために命を落としたと知れば、一緒にと考えるのではないかと思ったのだ。

「その通りだ。俺も郁子が逝ってしまったら、きっと死を想う」

敏正さんの言葉にひどく驚くとともに、なんてありがたいのだろうとも感じた。それほどの強さで愛されていると確認できたからだ。

「菊乃。身請け相手は齢五十を超えているんだろう？　菊乃のほうがきっと長く生きられる。お前に死ぬほどの覚悟があるのなら、自由になれる日を待ってはどうか」

敏正さんの言葉に仰天しつつ、私も同意だった。十年先なのか二十年先なのかわからないが、きっとその日はやってくる。

「そんな残酷なことをよくおっせえす。あの人が待っていてくれるとでも言うのでありんすか？」

美しい菊乃さんの眉間に深いしわが刻まれたその瞬間、突然襖が開いた。

「待っているに決まっているだろう」

山高帽《やまたかぼう》を目深にかぶり、大きすぎる背広を纏った男性が、一橋さんとともに入ってくる。

その男性が山高帽を取ると、菊乃さんが驚愕の表情を浮かべた。

「死ぬなんて許さんぞ。いつまでもお前を待っている。だから……」

菊乃さんのそばまで歩み寄った男は、彼女の両肩に手を置き訴える。

敏正さんはそれを見て、お付きの新造や禿に退室を促した。

「なんで？　和男《かずお》さんがどうしてここにいるの？」

すっかり廓《くるわ》言葉が飛んでいる菊乃さんは激しく動揺し、目を丸くする。

彼が菊乃さんの想い人なのだ。

「今日の座敷は、和男くんが買ったんだ。俺はその橋渡しをしただけ」

敏正さんが告げると、菊乃さんは首を横に振っている。

「買えるわけがないでしょう？　この料理代だけでも払えやしないわ」

「津田さまに貸していただいた」

「なんて馬鹿なことを。返済に何年かかると……」

農村で農業にいそしんでいるという和男さんにとって、遊女をひと晩囲うお金は、とてつもなく高いもののはず。同じような生活をしていた菊乃さんが吉原に売られたくらいなのだから、生活は困窮しているに違いない。

それでも敏正さんに借金を申し出た和男さんは、心の底から菊乃さんを愛している。

「何年かかってもいいさ。たみが戻ってくるまでに返せれば」

たみというのは、菊乃さんの本名だろう。優しい口調で語りかける和男さんを前に、とうとう菊乃さんの目からはらはらと涙がこぼれ始めた。

「菊乃。和男くんは本気だぞ。お前も腹をくれ。死ぬ勇気などいらぬ。生きる勇気を持て」

「津田さま……」

「今まで菊乃には散々助けられた。ありがとう」

敏正さんが言うと、菊乃さんの表情がほころんだ。

「こんなところまで奥方を連れてこられるとは、津田さまの愛にあっぱれでござりんす」

再び廓言葉に戻った菊乃さんは、私に視線を向けて続ける。

「津田さまは、ほんにつまらん男。わちきの誘惑になびかない男なんて初めてでありんした。でも、津田さまがわちきの気持ちを大切にしてくださらなければ、わちきの心はとうに壊れていたでありんしょう」

笑顔の菊乃さんは凛としていてとてつもなく美しい。

おそらく彼女は私に、敏正さんは自分を抱こうとしなかったと伝えたいのだとわかった。

「どうか許しておくんなんし」

菊乃さんに謝られるようなことはなにもない。そもそも彼女は、政府高官のわがままに困惑している敏正さんを助けてくれただけだ。

「いえ。わかっております。主人を助けてくださり、ありがとうございました」

私が頭を下げると、彼女は泣きそうな、それでいてうれしそうな複雑な笑みを浮かべる。

「菊乃、元気で。いつかまた会えるといいね。今宵はふたりで過ごしなさい」

敏正さんが伝えると、菊乃さんは姿勢を正してから深々と頭を下げる。

「ありがとうございりんした。和男さんといつか……いつか幸せになりんす」

震える声を絞り出す菊乃さんの横で、彼女と同じように畳に頭をこすりつける和男さんもまた泣いているのかもしれない。肩が小刻みに動いていた。

敏正さんに目配せされた私たちは、部屋を退出して妓楼をあとにした。

彼が〝最初で最後の夜〟を〝最初の夜〟と言い換えた理由がわかった。ふたりの二度目の夜はずっと遠い先になるかもしれない。けれども、きっとやってくる。

大門を出たところで、私もほろりと涙がこぼれてしまった。

「郁子」

「申し訳ありません。私、とても偉そうな発言をしました」

菊乃さんを生かしたい一心だったとはいえ、敏正さんのおかげで火の粉もかからぬ安全な場所にいる私の言葉は、傲慢で浅はかだったかもしれない。

「いや、郁子の気持ちはきっと届いている。菊乃は生きるさ。和男くんのために」

「はい」

涙が止まらなくなった私にハンカチーフを差し出した敏正さんは、優しく腰を抱いてくれた。


帰りの自動車の中で、一橋さんが口を開いた。

「和男くんが、敏正さんへの感謝の言葉を何度も口にしていました。背広の手配までと」

「妓楼に擦れた着物を着ていってても入れてもらえんでしょうし。ただ、俺のお古では少し大きすぎたようで」

あれは敏正さんの背広だったのか。

「そうですね。それと、必ず金は返済しますと。でも敏正さん。貸した金では、とても菊乃は買えないような……」

「半分は俺が払っておいたんですよ。全部出してもよかったのですが、それでは和男くんも納得しないと思ったので。郁子、勝手に使って申し訳ない」

「え？」

突然謝られてわけがわからない。そもそも敏正さんが稼いだお金だし、和男さんには秘密でこっそり出してあげていた彼の優しさに感動すら覚えているのに。

「あははは。切れ者の次期社長も奥さんには頭が上がらないとは」

「ええっ！」

一橋さんの発言に目が点になる。

「上がらないなぁ。嫌われたくないし」

クスクス笑う敏正さんは私の手をそっと握る。

「き、嫌うだなんてそんな。ありえません！」

私がムキになって言うと、一橋さんが口を挟む。

「菊乃と和男くんの純愛を見たばかりでお腹がいっぱいなんです。これ以上の戯《たわむ》れは家にお戻りになってからにしてください」

た、戯れ？

恥ずかしすぎて、顔から火が出そうだ。

けれども、つい数時間前まで凍っていた心がぽかぽかと温かくなっているのに気づいて、笑みがこぼれた。

家まで送ってくれた一橋さんは、運転手とともに去っていった。

もう日が変わってからの帰宅となったが、まったく眠くはない。脳が興奮しているのだろうか。

春江さんには私たちの帰りを待たずに帰宅するようにと伝えてあったので、私が持っていた鍵で戸を開けて敏正さんを先に入るよう促すと、玄関先で強く腕を引かれて倒れ込みそうになる。しかし、彼の広い胸に抱きとめられた。

「郁子。本当にすまなかった。いつも言葉が足らないと孝義さんから注意されているというのに。郁子をこれほど苦しめていたとは情けない夫だ」

私は彼の腕の中で首を横に振っていた。

たしかに、吉原に行く理由をはっきり教えてくれればこれほど悩まなくて済んだ。けれども、やましい点がまったくなかったからこそ、くわしくは語らなかったのだろう。

しかも菊乃さんの話は、吉原に売られる寸前だった私にとって胸が張り裂けそうになるほど悲しい現実だった。それもあり、積極的には話したくなかったのかもしれない。

「もう、いいんです。敏正さんに愛していただけているとわかっただけで私は――」

それ以上続かなかったのは、彼の熱い口づけが降ってきたからだ。

「郁子。抱きたい。抱いてもいいか？」

そう問われ、かつてないほど心臓が暴れだしたのがわかる。でも、断る理由などひとつもない。

「……はい」

私が答えた瞬間、彼は私の髪のかんざしをスッと抜いた。すると、結わえていた髪がバサッと落ちてきて、それと同時にもう一度唇が重なる。

息も許されないような激しい口づけのあと、彼は少し乱暴に私の手を引き、二階への階段を上がっていく。こんなに焦った様子の敏正さんを知らない。

春江さんが敷いておいてくれた布団に私を寝かした彼は、外套と背広を脱ぎ捨て、私の顔の横に両手をついて見下ろしてくる。

「愛している」

私が贈ったネクタイを外した敏正さんは甘くささやき、唇を重ねる。ついばむような接吻が何度か続いたあと、彼は指を絡めて私の手を握り、真剣な眼差しを注いだ。

「好きだ、郁子」

強い愛の告白とともに再び唇が重なると、幸せの涙がこぼれそうになる。

きっと、偶然出会っただけの私たちが想いを通じ合わせられたのは奇跡だ。

菊乃さんと和男さんの切ない再会を見たばかりだからか、感情が高ぶりすぎて胸が苦しい。

「敏正、さん……」

「どうした、郁子」

「わ、私……こんなに幸せでいいのでしょうか」

本音を漏らすと彼の目は大きく開き、そしてそのあと弓なりに細くなった。

「俺も幸せだ。愛し尽くすから覚悟しろ」

それから彼は私の襟元を一気にはだけさせ、私を翻弄《ほんろう》し始めた。

荒々しく、どこか焦るような行為は、私の全身を真っ赤に染めていく。恥ずかしさのあまり身をよじって逃げようとしても、彼は許してくれない。

呼吸を乱しながらたくましい腕を無意識につかむと、敏正さんは私をまっすぐに見つめ「郁子」と私の名を呼んだ。

「はい」

「一生、俺だけのものでいてくれ」

「……はい」

感極まり涙声になる。すると敏正さんもまた切なげな表情で、「好きだ」ともう一度ささやいてからひとつになった。

鈍い痛みを感じながらも、彼から愛を注いでもらえるという幸福を貪っていると、動きが突然止まる。

私の脳裏に色香漂う菊乃さんの姿が頭をよぎり、私のような未熟な体では満足できないのではないかと不安になった。

「すみません。私では不足ですよね」

どうしたら彼女のような凄艶《せいえん》さを身につけられるのかさっぱりわからない。

ずっと気になっていたことを思いきって尋ねると、彼は驚いたような表情を見せる。

「不足なわけがあるまい。お前を抱けたのがうれしくて、この時間が終わってしまうのがもったいないのだ。ずっとこうして抱きしめていたい」

ばつが悪そうに告白する彼は、私の肩に顔をうずめる。

本当に？

「わ、私もうれしいです。敏正さんに触れていただけて……」

思いきって本音を口にすると、彼は優しく微笑み、私の額に唇を押しつけた。

初めての行為は、恥ずかしさもあったがこの上ない幸せを感じられた。

今頃菊乃さんと和男さんも、愛を確かめ合っているかもしれない。

私たちが出会って夫婦となり、強い愛が芽生え、そして肌を重ねられたことすべてに感謝しなくては。

それらのどれひとつとしてあたり前にあるものではないとわかった今、与えられた幸運を無駄にしないように必死に生きようと心に誓った。

「なあ、郁子」

淡い月の光に照らされた彼の表情はどこか切なげだ。

「はい」

「俺たちは幸せにならないといけない。菊乃と和男くんの分も」

彼も私と同じように、今宵を境にしばし別れのときを過ごさなければならないふたりを想っていたのだとわかった。

「はい。いつかふたりで、菊乃さんたちの再会を見守れたらうれしいですね」

「そうだな」

柔らかな声色で相槌を打つ敏正さんは、私の髪を優しく撫でる。

「俺は生まれながらに津田紡績という大きな会社のうしろ盾がある幸運に恵まれた。でもそれは偶然だ。もし津田家に生まれていなければ郁子も助けられなかったと思うと、自分の無力さに落胆するよ。だからこそ、今の地位に甘んじることなく、努力を重ねて生きていかねばと思う」

「はい」

たしかに、敏正さんと大門の前ですれ違ったのも奇跡だが、彼が津田家の人間だったことも然り。彼に三谷家に融資できるほどの財力がなければ、私は菊乃さんのように妓楼にいたはずだ。

様々な幸運に感謝し、これからを精いっぱい生きよう。

これほど立派な志を持つ敏正さんの妻が私でいいのかと不安にもなるけれど、もったいないほどの愛を傾けてもらえるのだから、私は全力でお仕えするのみだ。

「無理をさせたか？」

私の腰をグイッと引く彼は、額に口づけを落とす。

「大丈夫です」

「そうか。今宵は一生忘れられない夜になった。愛しているよ、郁子」

もう一度唇を重ねる彼は、私を腕に抱いたまま眠りについた。

「敏正さま、そろそろ起きられませんと、一橋さんがいらっしゃいます」

翌朝、廊下から春江さんに声をかけられ、ハッと飛び起きた。昨晩遅かったせいで寝過ごしてしまったようだ。

「わかった。すぐに行く」

敏正さんが返事をすると、春江さんの足音が遠ざかっていった。

突然敏正さんにうしろから強く抱き寄せられた私は、目を白黒させる。体を重ねたとはいえ、明るい日差しが差し込むこの時間にこのようなことをされては、とてつもなく恥ずかしい。

「はー、このまま郁子と戯れていたい」

「だ、だめです。一橋さんがいらっしゃいます!」

「孝義さんも無粋だな。今朝くらいゆっくり出てくればいいのに」

一橋さんもとんだとばっちりだ。

いつもは威厳ある敏正さんの子供じみたわがままに笑みがこぼれる。こんな一面があったとは知らなかった。

「まだ眠り足りないだろう? もう少し眠るといい。春江には昨晩帰りが遅かったから寝かせてやってくれと言っておく」

布団から出て着替え始めた彼に続き、慌てて身に纏っていた長襦袢を整える。

「お見送りをさせてください」

「そんなことはいいから休みなさい」

敏正さんはあのネクタイをまた締めたあと、私の額に口づけをする。

「いいかい? これは命令だよ」

「承知しました」

私は優しい命令に根負けして、そのまま部屋で見送った。

こっそり窓から階下を見ていると、玄関を出た敏正さんがふとこちらに視線を送るので、気づかれてしまった。彼は仕方ないなぁというような表情を見せたが、すぐに笑顔になり自動車に乗って出勤していった。

「行ってらっしゃいませ」

小さくなっていく自動車に声をかけたあと、自分の体を抱きしめる。

敏正さんに愛された体は少し気だるい。しかし、ようやく本物の夫婦になれた気がして感無量だった。

裏切りは盲愛の証

それから三月《みつき》。

敏正さんと気持ちを確かめ合い、精神が安定してきたおかげか、充実した毎日を送れている。

今日も春江さんと一緒に調理にいそしんだ。

「郁子さまは休憩してください。せっかく会社がお休みですのに」

「でもこの煮豆、敏正さんの好物なんですもの。春江さんこそお休みになって。働きすぎよ」

彼の喜ぶ顔を思い浮かべると、どんなことでもできてしまう。

「私は女中ですよ？　働きすぎを叱られる家など知りません」

彼女は白い歯を見せる。

春江さんとこうして話しているのがとても楽しい。母が早くに亡くなり寂しい思いもしたけれど、その穴を彼女に埋めてもらっているようだ。彼女にとっても、私が流れてしまった子の代わりになれていたらいいのだけれど。

「午後からはお買い物に行かれるんですよね？」

「はい。日本橋の百貨店に」

敏正さんの新しいシャツを取りに行く予定だ。家まで届けてもらうこともできるのだが、たまには出かけたいし……三谷商店のビルヂングも気になっている。

敏正さんの話では、かなりの勢いで建築が進んでいて、完成間近だとか。以前の建築会社のままだったら、ずるずると何年もかかっていただろうと聞いて、彼と津田紡績に任せて本当によかったと思った。

「敏正さまが、郁子さまはいつも算術の本くらいしか買ってこられないとあきれていらっしゃいますよ。ご自分のお着物でもなんでも、そろえられてはいかがです？」

「着物はもう数えきれないほどあるわ。それに、大福も買ってくるでしょう？」

私は大福で十分満たされている。

「あはは。そういえばそうですね。私の分までいつも申し訳ありません」

「敏正さんはあまり食べられませんもの。一緒に食べてくれる人がいてうれしいんですよ」

敏正さんは甘いものよりお酒が好きだ。

私は彼のためにお酒も購入してこようと思いついた。

春江さんと昼食を済ませてから電車に乗り、丸の内を日指す。

最初に訪れたのは、三谷商店のビルヂングの建築現場。聞いていた通り、外観はほぼできあがっていた。

四階建て鉄筋コンクリート造りという西洋風のそれは、津田家の本邸のように立派で存在感がある。

「素晴らしいわ」

それしか出てこない。

これほどの建物を三谷家だけで建てられたわけがなく、津田紡績には頭が上がらない。

しばらく観察していると、内装工事をしているらしき職人がせわしなく出入りしているのが目に入る。

「頑張らなければ」

私になにができるわけではないけれど、せっかく敏正さんに手を貸してもらえたのだ。津田紡績の、そして敏正さんの実績になるよう、三谷商店を発展させなければ。

父と直接やり取りする機会はないが、泰子や貫一からはよくふみが届く。父は毎日、仕事に勤勉に取り組んでいるようだし、ふたりはそれぞれ学校に楽しく通っているらしく安心している。それも全部敏正さんのおかげだ。

「今度会いに行こうかしら」

ふたりの顔を思い浮かべてつぶやいた。

ビルヂングを一周したあとは、日本橋の百貨店へ。富裕層の奥さまたちが楽しそうに行き来している。

そんな中、私は懇意にしている洋服売り場に一直線。この売り場には敏正さんの寸法の記録があり、いつも背広やシャツを作ってもらっているのだ。

「津田さま、いらっしゃいませ」

店先で丁寧に出迎えられて気圧される。

店内に足を踏み入れたら逃がさないというような雰囲気が私は少し苦手で、妙に緊張してしまう。

それを敏正さんに話したら、子爵家の令嬢のくせにと大笑いされたのだけど。私は自由気ままに見て回るほうがやっぱり好きだ。

「旦那さまのシャツですね。こちらでございます」

この店は、津田紡績が取引している峰岸織物が作った布を加工していて、奥から出してもらった真っ白なシャツは申し分ない品質だった。峰岸織物は私の花嫁衣裳のような和服専門のため、洋服はここで仕立ててもらっているのだ。

「ありがとうございます」

「奥さまもなにかいかがですか？」

「い、いえっ。これから少し用がありまして、これで失礼いたします」

危うくつかまりそうになり、冷や汗をかきながら脱出した。

こんな話をしたら、また敏正さんに笑われそうだわ。

ことあるごとに彼を思い浮かべる自分が浮き立っているとわかっている。けれども、今の生活がこの上なく幸せなのだ。


それから銀座に移動して、店先を覗きながらぶらぶら歩き始めた。

以前富子と訪れたカフェーの前に差しかかると足が止まる。

富子は結局旦那さまと離縁してしまった。旦那さまの女遊びを両親に相談したら、お父さまが激怒して、なかば強制的に離縁させられたのだ。

離縁後一度会ったが、意外にも彼女はすっきりした顔をしていて、『私、相当苦しかったみたい。旦那さまに尽くすだけの時代はもう終わりよ。女も羽ばたかないと』と、タイピストを育てる学校に通い始めたと耳打ちされてびっくりだった。でも、とても生き生きした様子にホッと胸を撫で下ろした。

「私も頑張ろう」

敏正さんという最高の伴侶《はんりょ》を得て、順風満帆《まんぱん》。しかし、これは幸運だっただけ。

以前彼が『今の地位に甘んじることなく、努力を重ねて生きていかねば』と話していたように、私もできることはなんでもするつもりだ。

再び店を覗きながら歩き始める。

「素敵……」

「こちら、江戸切子のぐい呑みです。少々値は張りますが、職人の技が光っていますよね」

陳列棚の中の江戸切子のガラス製品にくぎづけになっていると、店員に話しかけられてうなずいた。

「最近は、ガラスの素材がとてもよくなっていまして。贈り物にしたらとても喜ばれますよ」

敏正さんに買って帰ろうかしら。贅沢？

私は悩みに悩み、菊つなぎ文様の入ったぐい呑みと、おそろいの徳利《とっくり》をひとつずつ購入した。

もちろん、春江さんと自分の大福も忘れずに手に入れて、弾んだ気分で家に帰り、さっそく夕飯の準備に取りかかる。

「うわー、きれいですね」

春江さんも江戸切子を見て目を輝かせた。

「ですよね。ガラス製品って光が当たる角度によっていろんな表情を見せてくれるから、ずっと見ていられるんです。敏正さんにこれでお酒を飲んでいただきたいなと」

「敏正さま、きっとお喜びになりますよ。なんていったって、郁子さまがお選びになったんですもの」

えっ、そこを？

驚いたものの、そうだといいなという気持ちが胸に広がった。

敏正さんがなかなか帰ってこなかったので、春江さんには大福を持たせて、先に帰宅してもらうことにした。

そわそわしながら待っていると、敏正さんは二十一時を過ぎた頃にようやく帰ってきた。

「遅くなってすまない」

「いいえ、お忙しかったんですね」

彼から背広を受け取りながら尋ねる。

「三谷商店の今後の話し合いが長引いてね」

「三谷の？」

私が目を丸くすると「腹が減った。今日はなんだ？」と鼻を利かせている。

「豆腐田楽とお魚の塩焼きです。下ごしらえは済んでいますので、すぐにお仕度を」

「うん。着替えは自分でするから、料理を頼む」

二階に上がっていく彼と別れて、私は炊事場に向かった。

奥座敷に箱膳をふたつ運んだところで、浴衣姿の敏正さんがやってきた。

「あれっ？」

彼はすぐに江戸切子の徳利に気づいて声をあげる。

「すみません。銀座で買ってしまいました」

「もちろん構わないよ。きれいだね」

彼は電灯の下にそれを持ち上げて、美しい文様を楽しんでいる。

喜んでもらえてよかった。

「郁子はガラス細工が本当に好きだね。でもその気持ちはよくわかるよ」

「江戸切子は、職人さんがひとつひとつ手作業で丁寧に仕上げられるそうです。さ、夕飯にしましょう」

私はさっそく、真新しいぐい呑みに日本酒を注いだ。

「本当はお酒を買ってくるつもりだったんです。でも容器になってしまいましたので、いつものお酒で」

「あはは。酒はこれで十分だよ。うん、でも器が変わると気分も変わる」

彼はおいしそうに冷や酒をのどに送る。

「郁子の分はないのか？」

「私は飲めませんもの」

以前ひと口飲んでみたものの、むせてしまった。

「あのときのものより甘口だぞ。こっちに来てごらん」

どうして？

不思議に思いながらも彼の隣に座り直す。すると「ここだ」とあぐらをかいた膝をトントン叩かれて首をひねる。

「ここ、と申しますと？」

「だから、ここだ」

「キャッ」

唐突に体を引き寄せられて彼の膝の上に座らせられたので、息が止まりそうだ。

「春江はもう帰ったんだろう？」

「そ、そうですが……」

「ははは。酒も入っていないのに耳が真っ赤だ」

敏正さんが耳元でささやくので、全身が火照ってしまう。

「ほら、飲んでみなさい」

「い、いえっ、私は……」

お酒どころではない。とてつもなく速まった鼓動がどうしたら収まるのかわからない。

「なんだ、飲ませてほしいのか？」

「とんでもない」

白い歯を見せて私をからかう彼からぐい呑みを受け取り、お酒をのどに送った。

「郁子が俺のためにこのぐい呑みを選んでくれたのがうれしい。実にいい気分だ」

春江さんが言った通りだわ。

楽しそうに微笑む彼は、あたふたする私を膝に抱いたまま、今度は自分もお酒を口に運ぶ。

たしかに、敏正さんの喜ぶ顔を思い浮かべながら念入りに選んでは来たけれど、これほど笑顔を見せてもらえるとは思わなかった。

「それに……。三谷商店のこれからにつながるかもしれないぞ」

「どういうことですか？」

さっぱり話が読めない。

「食べながら話すか」

彼はようやく解放してくれた。

敏正さんの対面の膳の前に戻ったものの、お酒の香りが鼻からぷーんと抜けていき、それだけで酔ったような気持ちになる。

「この魚は脂がのっているね」

「春江さんの目利きがいいんですよ。私も買い物についていって教えてもらっていますが、まだよくわからなくて」

春江さんは、野菜もおいしいものを見分ける。母から教わっているような気がして、とても楽しい時間だ。

「そうか」

「それで、先ほどの話ですが……」

三谷のことになると気になって箸が進まない。

「そうだったね。以前にも話した通り、三谷商店は今後、総合商社を目指したいと考えている。それで、海外の取引先に調査を依頼したところ、日本の製品はなんでも品質が高いと評判になっているらしい。津田紡績の綿糸も細くて強いのが売りで、ここまでの技術を持った国は他にない」

日本の綿糸の輸出量がこれほど膨大なのは、その品質のよさゆえと、会社でもよく耳にする。

「はい。日本人は勤勉で、どんどん商品を改良していくと海外の方から絶賛されているとお聞きしました」

「そう。たとえばこのガラス細工。明治の初めにイギリスの職人から技術を学んでから、品質が向上してきた」

それも知っているとは、さすがは博識だ。

「西洋から入った文化も、日本で洗練されると、逆に欲しいと言われる商品になる。試しに津田の工場で紡いだ糸を、峰岸織物で洋服用の布に加工して輸出したところ、すこぶる評判がいい」

今日のシャツも肌触りは抜群だし、張りもあって素晴らしい逸品だった。

「そこで、着物も輸出しようという話になっている。ただ、洋服を着る文化圏にはそのままでは受け入れられにくいから、着物の反物を使ったガウンという室内での羽織ものにする予定だ」

「ガウン、ですか」

私にはピンとこないが、日本の技術が世界に広まるなんて心が躍る。

「手刺繍の人気がかなり高くて、必ず売れると踏んでいる。その輸出を三谷商店にやってもらう」

とてもいい話だけれど、商売のイロハもわからぬ父にできるのだろうか。

「でも、父がだめにしてしまったら……」

津田紡績に損害が出ては申し訳ない。

「父上には社長として君臨していただくが、俺が指揮を執るつもりだ。副社長の一ノ瀬さんも注力してくださる算段になっている」

「そうでしたか。よろしくお願いします」

それなら安心だわ。

父よりずっと若い敏正さんのほうが信頼できるなんて変だけど、彼は幼少の頃から経済や商業を学び、社長であるお父さまの手腕を目の当たりにしてきている。父より有能なのは間違いない。

「この江戸切子もいいね。一度見本を輸出してみて反応を探ろう」

「本当ですか？」

「あぁ、なかなかいい目のつけどころだと思う」

以前、輸出できないかとちらりと考えたこともあったが、まさか実現するとは。

それから、敏正さんにお酌をしながら食事を食べ終えた。

「郁子、もう少し飲まないか？」

どうやら江戸切子を気に入った様子の敏正さんは、食後も酒をせがむ。

「承知しました。お酒、追加してまいりますね」

膳を片づけて風呂の準備をしたあと徳利に酒を注いで戻り、敏正さんの隣に座って酌をした。すると彼は、それをあおる。

「疲れているときは、郁子にそばにいてもらいたい」

「そばに？　どうしてですの？」

ひとりのほうが心休まるのではないだろうか。

「どうしてって、癒されるからに決まっているだろう?」

当然だから聞くなという勢いで言われて。なんだか恥ずかしくなる。

「い、癒されると言われましても、なにをしたらいいのか……」

彼が疲れた体を休められるならなんだってする。けれど、どうしたらいいのかわからない。

「なにもしなくていい。ただ、俺のそばにいてくれればそれで」

お酒が入っているせいか少し潤んだ瞳を向けられ、鼓動が勢いを増す。

そばにいるだけでいいなんて本当だろうかと思ったが、私も敏正さんの隣は心地いい。それと同じか。

「は、はい」

「もう一杯頼む」

「かしこまりました」

お酒を注ぐと、彼はすぐに口に運び、飲み干してしまう。

浴衣の襟元からのぞく大きなのどぼとけが上下に動く様子を見て照れくさくなった私は、視線を宙にさまよわせた。

「あぁ、うまい。郁子に注がれた酒は格別だ」

いつもの毅然とした姿とは違い、肩の力が抜けたかのような彼の様子に自然と顔がほころぶ。妻にしか見せない顔だとしたらうれしいからだ。

「郁子も、もう少しどうだ？」

「は、はい。それではいただきます」

彼の膝の上だった先ほどは味わう余裕もなかったので、今度は落ち着いて口に含んだ。

「うまいか？」

「はい」

「嘘つけ。ここにしわが寄っている」

彼は私の眉間に唇を落とす。

「う、嘘じゃないです。ですが、たくさんは無理そうです」

「そうだな。もう顔が真っ赤だ」

顔が真っ赤なのは、あなたとの距離が近いせいよ。

「でも、もうひと口飲ませたい」

敏正さんはなんと口移しで私にお酒を飲ませる。うまく口に入らずこぼれてしまったお酒が首筋を伝うと、それを目ざとく見つけた彼は舌を這わせて舐《な》めた。

「ん……」

「いい声を出すようになった」

「な、なにをおっしゃって……。声など出しておりません」

鼻から漏れた溜息に恥ずかしい指摘をされて反論の声を大きくすると、彼はおかしそうに肩を震わせる。

「そんなにムキになって。かわいいなあ、郁子は」

今日はいつもより饒舌《じょうぜつ》なのは気のせいだろうか。彼のためにぐい呑みを選んだのが、それほどうれしかったの？

「郁子。風呂はいいのか？」

「あっ、湯加減を見てまいります」

立ち上がって風呂場に向かったものの、体が自分のものではないようにふわふわする。酔いが回ってきたのかしら。

「郁子」

「はい」

「危ない！」

敏正さんに呼ばれて振り向いた瞬間、大きく体が傾き転びそうになった。しかし、間一髪のところで支えられ、事なきを得る。

「足取りがおかしいと思ったら、酔ったのか？」

「わかりません」

なんだか少し頭もボーッとしてきた。

「飲ませすぎたか。あれは甘いが少し強いのだ」

「そう、でしたか……」

相槌を打ってはいるものの、頭の回転が鈍っているように感じる。

「こんな状態で風呂に入るのは危ないな」

「それでは私はやめておきます」

「いや、俺が入れてやる」

なんとおっしゃったの？

思考能力が落ちてきたのだろうか。『入れてやる』と聞こえたような。

「敏正さん？」

彼が私の帯をほどき始めたので慌てる。抵抗したいのに、うまく力が入らない。

「一緒に入ろう」

「いえっ。ちょっ……」

彼はあっという間に私の着物を脱がし、脚に力が入らず座り込んだ私を抱き上げた。

「今宵は最高だった。また飲まさなければ」

湯浴みのあと、二階の布団の中で私を抱きしめる敏正さんは上機嫌だ。

浴室での戯れが頭をよぎった私は、恥ずかしさのあまり「もう、いりません」と口にした。すると彼は、クスリと笑う。

しばらく黙って彼に身をゆだねていると、甘い雰囲気を封印した敏正さんは凛々しい声で「郁子」と私の名を呼ぶ。

「はい」

「丸の内のビルヂングがもう少しで完成する。そうしたら新会社として組織をしっかり作り直して、新しい挑戦を始める」

「いよいよですね」

「あぁ。武者震いするよ。ここで失敗したら、五千圓どころか大きな損害を出しかねない。しかし、必ず成功させる」

敏正さんほどの切れ者でも、緊張するのか。

私には経理以外の仕事はよくわからない。でも、今回の三谷商店の新しい船出が一大事業であることは伝わってくるので、彼が背負っているものの大きさはわかっているつもりだ。

私はお母さまが、殿方の勝負時には『女は旦那さまを信じて待てばいい』と話していたのを思い出した。

「敏正さんならきっと大丈夫です」

「そうか。郁子が信じてくれるなら百人力だ」

彼は私を強く抱きしめ、そのまま眠りについた。


それから敏正さんは、今までとは比べ物にならないほど忙しくなった。

「三谷商店、動きだしたみたいだね。さらに何人か社員を出向させるらしいよ」

出勤して経理部の扉を開けようとすると、三谷商店の話が聞こえてきて足を止めた。

この声は橋田さんだ。

「経理から出向したやつは、やりがいがあると話してましたけど、失敗したら怖いからなぁ。誰も行きたがらないんじゃないですか？」

これは高山さんの声だ。

成功するかどうかわからない未知の世界なのだから、三谷商店の仕事に携わりたくないのは当然か。

「でも、一ノ瀬副社長も関わるらしいわよ。副社長が動くなんて、相当気合入ってるじゃない？」

松尾さんも話に加わった。

「まあ、陣頭指揮が敏正さんですからね。社長も失敗させられないんでしょう。今のところ優秀な人で通ってますけど、ここで失敗したら求心力が一気に落ちますから」

高山さんの発言にドクンと心臓が大きな音を立てる。

敏正さんは、私が思っている以上に重圧を感じているのかもしれない。

三谷商店の事業がうまくいかなくて、敏正さんまで信頼を失ったら……と思うと怖い。

いや、旦那さまを信じて待てばいいのよ。

気持ちを落ち着けるために自分に言い聞かせる。

「それにしても、三谷商店なんてよく見つけてきたわよね。無名の小さな会社でしょう？」

「そうだね。敏正さんが幹部会に持ち込んで、社長が押し切ったらしいけど、くわしい話は聞こえてこないよね。緘口令《かんこうれい》が敷かれているみたいで」

松尾さんの話に橋田さんが反応した。

幹部しか知らないから、私が三谷家の娘だと経理部の仲間も気づかないんだ。

これは、ごり押しした敏正さんや社長にとって絶対に失敗できない事案なのだと、改めて緊張が走る。

なんてことを……。

私はそれほどの負担を強いているとは知らず、敏正さんに愛されて満たされた生活を送っているなんて呑気なものだ。

「でも、僕はうまいところに目をつけたと思ってるんですよね。繁盛していなくても商社として機能していたなら、諸外国とはつながっています。津田紡績はもちろんたくさんの取引相手がありますけど、やっぱり紡績関係だけですよね」

「なるほどね。紡績以外の商品を扱うとしたら、外国の得意先を開拓するのは大変だから三谷商店のルートを使うのね。つながっていさえすれば、取引量を増加させるのは難しくないもの」

高山さんの発言に松尾さんも同意している。

三谷のルートを使う？　つぶれかけの会社でも、まだ役に立てるの？

「多分、安い値段で買収したんだろうね。取引量が増大すれば、そんな投資すぐにチャラにできるから」

橋田さんが意気揚々と話しているのを聞き、無意識に首を横に振っていた。

違う。買収なんてされてない。敏正さんはただ、私や三谷家が困っていたから手を貸してくれたの。

「その可能性が高いですね。どっちにしても、敏正さんなら成功させるんじゃないですか？　あの人、普段の人当たりはいいけど、仕事となると容赦ないらしいですから。使えるものはなんでも使うし、いらなくなったらあっさりと切り捨てる。取引を切られた業者が泣いてすがる姿を何度も見かけたことがあるって、秘書課の事務員が話してましたよ」

松尾さんの話が聞こえてきたとき、春江さんの『時には手段を選ばず目的を達成し、時には冷酷に突き放すような一面も』という言葉を思い出した。

普段の彼に冷酷さは感じられない。それどころかいつも温かく私を包み込んでくれる。

菊乃さんの件だってそうだ。優しくなければ、和男さんに手を貸したりしなかっただろう。

しかし、私が知っているのは家での姿。こうして経理部に足を運んでも、敏正さんが実際に仕事をしている姿を見かけることはない。

そわそわしてこれ以上聞き耳を立てていられなくなった私は、「おはようございます」と笑顔を作って経理部に入った。

庭の八重桜の花が散る季節になると、三谷商店に出向する人たちの噂話でもちきりとなった。

「津田さん、三谷商店のことなんか聞いてる?」

高山さんに振られたものの、「くわしくは知りません」と言葉を濁す。

「敏正さん、家では仕事の話、しない？」

「多少はします。将来的には総合商社を目指したいと。それくらいです」

それはどうやら皆も把握しているようなので話すと、「なにを扱うつもりなのかな」と高山さんが考えだした。

「財閥の商社もあるから、激戦だよね。津田紡績が参入するのだから、やっぱり綿糸関係じゃないの？　以前、反物の売り上げがかなり上がってたじゃない」

松尾さんも興味津々という感じだ。

本当はもう少し突っ込んだ話を承知していたものの、私が明かすべきではないと口をつぐむ。

実は江戸切子の評判が高く、扱う業者を選定しているはずだし、ガウンの制作工場もすでに確保済み。着々と進んでいるのだ。

「丸の内のビルヂングの完成っていつだっけ？」

「十日後に完成式典やるって言ってましたよ。三谷商事と名前を変えて、組織も一新するとか」

橋田さんの質問に高山さんが答える。彼は同期が本社のいたるところにいて、なかなかの情報通なのだ。

名称の変更は耳に入っている。大きく羽ばたいていくために〝商店〟から〝商事〟

に変更すると。父も承諾しているらしい。

ただ、組織の一新についてはくわしくは聞かされていない。聞いたところでわからないだろうけど。

「私が入社して以来、一番大きい動きだわ。それを社長ではなく、まだ若い敏正さんが先頭に立って指揮しているなんてすごいわね。津田さん、ご立派な旦那さまね」

「あ、ありがとうございます。妻はこんなで……」

松尾さんに振られて答えると、高山さんが大笑いして口を開く。

「津田さんも素敵な淑女だよ。だいたい、将来の社長の奥さんが経理してるなんてびっくりだ。俺たち、顎で使われても仕方ない立場なのに、津田さんはありえないほど腰が低いし、よく働くし」

「とんでもない」

そんな評価をしてもらえているとは。まだまだ足手まといになることも多いのに。

「そうそう。いけ好かない女だったらいびってやろうかと思ってたけど、そんな心配いらなかったわ」

「松尾さん、怖いですから」

高山さんは大げさに眉をひそめるが、松尾さんはサバサバしているもののいびるような曲がった性格の持ち主ではない。ただ、女性だからという理由で馬鹿にされないようにと必死に働いてきた人なので、厳しいだけだ。

そんな彼女も、以前話していた男性と結婚してから随分丸くなったと高山さんがこそこそ話していたが、私もそう思う。笑顔が増えたのだ。

「さ、仕事しましょ。高山さん、その売上伝票の山、なんとかしてね」

松尾さんがにっこり微笑むと、「りょ、了解しました」と高山さんが恐縮した。

その日、私が手にした経費の一覧には三谷関係のものも多数あり、五千圓どころかとんでもない額が動いているのを知った。

無論、敏正さんが三谷商店の再興のために私との結婚を利用するほど肩入れしているのは知っている。自分の力を試したいという気持ちも強いはずだ。

いくら敏正さんを信じているといっても、三谷家の人間として、あまりに壮大な計画にはらはらせずにはいられない。

そもそもこれほど大きな事業になるとは父も思ってはいなかっただろうし、それに見合う手腕もない。

津田紡績が引っ張ってくれても、失敗するのではないかという心配が絶えなかった。

その晩遅く、珍しくぐったりした様子の敏正さんを出迎え、鞄を受け取った。春江さんにはとっくに帰ってもらっている。

「お疲れさまでした」

「ただいま。腹が減ったな」

彼は私に笑顔を作ってみせたが、いつもと様子が違うのにすぐに気づいた。二階に着替えに行く彼に続きながら声をかける。

「随分お疲れですね」

「あぁ、少し問題が発生してね。急遽《きゅうきょ》方向転換することになったんだ」

なんの問題？

おそらく彼は今、三谷商事の仕事ばかりしているはずだ。ということは、三谷の？

「あっ、あのっ……」

「心配いらない。丸の内三谷ビルヂングは予定通り落成式をして、正式に三谷商事としての一歩が始まる」

それなのに、どうして表情が沈んでいるの？

きっと他の人が見ても気づかない程度の違いだろうが、毎日彼に寄り添っていたら、いつもと違うことくらいわかる。

妙な胸騒ぎがするのに、敏正さんが心配いらないと言うので尋ねられない。聞かないでほしいと一線を引かれているような気がしたのだ。

仕事の話は家ではあまりしない彼だけど、三谷関係の重要な話は逐次耳に入れてくれていた。それはおそらく、私が心配しているとわかっているからだ。それなのに、教えてもらえないのはどうして？

いや、彼を信じると決めたのだ。予定通り進むと話しているのだからうなずくだけ。

「そうでしたか。丸の内のビルヂングの件に関しては、本当になんとお礼を言ったらいいのかわかりません」

「礼などいらない。それに、まだこれからだよ」

部屋に入り、ネクタイを緩めた敏正さんがもう一度笑顔を作ったので、私も笑みを返した。

彼の笑顔がぎこちなかったとしても、今の私にできることはない。

「そうですね。夕飯、すぐにご用意します。今日はさわらの西京焼きです。敏正さん、お好きですよね」

「おぉ、それはうれしい。郁子が作ったのか？」

「はい。春江さんの味を覚えましたから」

春江さんはまるで母のように私に調理方法を伝授してくれる。料理がうまい彼女のおかげで、ここに来てからいろいろなものが作れるようになった。

華族に生まれると、すべて女中任せで一度も料理の経験がないという人もいるけれど、大切な旦那さまが口にするものを自分で作れるのが幸せだ。

私は軽快に階段を下りて、炊事場に向かった。

丸の内三谷ビルヂングの落成式の前日。

仕事が休みの私は、夕方、二階の部屋で敏正さんの浴衣のほころびを直していた。

「郁子さま。お客さまです」

お客さま？

春江さんに呼ばれて慌てて出ていく。

私を訪ねてくるのは一橋さんくらいしかいないのだけど、それなら一橋さんと教えられるだろうに。

不思議に思いながら玄関に出ていくと、袴姿の泰子がいたので驚いた。

「泰子！　どうしたの？」

ここの住所は伝えてあったので、学校が終わってから訪ねてきてくれたのだろう。

「郁子さま、入っていただいてくださいな。ビスケットがございますから」

「春江さん、ありがとう。お願いするわ。泰子、どうぞ」

私は泰子を客間に通した。いつもは元気いっぱいの彼女が、伏し目がちであまり口を開かないのがとても気になる。

「学校の帰り？」

「うん」

そのとき、障子が開いて、春江さんがお茶とビスケットを持ってきてくれた。

「妹の泰子です」

紹介がまだだったと、春江さんに伝える。

「妹さんでしたか。ご学友かと。そういえば、口元が似ていらっしゃる」

「そう？　泰子、こちらはお世話になっている女中の春江さん。とっても料理がお上手なの」

泰子はちょこんと頭を下げるが、目がうつろだ。

「うれしいですわ。郁子さま、私は少し買い物に出ますので、ごゆっくりなさってください」

「ありがとう。そうします」

春江さんが玄関を出ていく音がすると、泰子はようやく顔を上げた。

「お姉さま」

「ねぇ、なにがあったの？　まさかまた借金――」

「違うの」

最悪の事態を想定して顔が引きつったものの、即座に否定されて、安堵の胸を撫で下ろす。

「借金ではないのだけど……昨日からお父さまが怒り狂われていて。貫一は怖くて泣きだすありさまで」

「お父さまが？　どうして？」

落成式を目前に、なにを怒るようなことがあるのだろう。

「明日のビルヂングのお披露目をすごく楽しみにしていて、お金もないのに背広を新調するくらい張り切っていたの。だから、急に荒れだしたのがどうしてなのか、私にも見当がつかない。聞こうにも、近づくのも恐ろしくて」

「そう……」

一体なにがあったのかしら。

仕事は順調なはず。それなら、私生活？　でも、まるで心当たりがない。

「お父さまはお仕事かしら」

「多分。学校からそのまま来たからわからないわ」

「泰子、よく教えてくれたわね。私がなんとかするから心配しないで」

私まで取り乱しては泰子が余計に不安になると思い、笑顔で励ます。

「ごめんなさい。お姉さまはお嫁に行ったんだから頼ってはいけないと思ったのだけど、どうしたらいいのかわからなくて」

震える泰子を見て心が痛んだ。

私は三谷の家を出て敏正さんと楽しく暮らしているけれど、泰子や貫一は以前と変わらない生活を強いられているのかもしれないと感じたからだ。

「そんな気遣いはいらないのよ。私はずっと泰子の姉なんだから。ねぇ、もう借金取りは来ていないわよね？」

念のために尋ねると、彼女はうなずく。

「一橋さんが時々いらっしゃって、私たちにおやつをくださるの。それで、『困ったことはないかい』といつも心配してくださって」

「一橋さんが？」

敏正さんから、一橋さんは仕事でしばしば父と面会をしていると聞いていたけれど、まさか泰子たちまで気にかけてくれていたとは。

「うん。おやつは津田さまからだって。困ったことがあればいつでも訪ねてきなさいと伝言されたから、今日来てしまったの」

敏正さんの配慮なのか。とてもありがたい。

「それならなおさらいいじゃない。ビスケット食べなさい。食べ終わったら私も三谷の家に行くから」

「本当に？」

泰子がはぁーと大きく息を吐き出し、ようやく笑顔を見せた。よほど不安だったに違いない。

「うん。貫一も心配だし」

貫一は泰子より帰宅が早いはず。女中がいるし、父も仕事なら問題ないとは思うけど。

泰子がビスケットを食べ終わると、貫一の分は包み、春江さんに『実家に行ってきます』と書き置きを残して家を出た。

久しぶりの三谷家は懐かしさもあるが、父の怒りの原因がわからないので少し緊張していた。

玄関を入るとすぐに女中が出てきて目を丸くしている。

「郁子さま！　お帰りなさいませ」

「お久しぶりね」

「姉さま？」

女中の声が聞こえたのか、二階からドンドンと大きな足音を立てながら貫一が下りてくる。そして、遠慮なしに胸に飛び込んできたのでよろけそうになった。

「貫一、元気でしたか？」

「泰子姉さまが連れてきてくれたの？」

「うん」

貫一は私に会えたのがよほどうれしいのか、着物をつかんだまま離そうとしない。

「貫一、ビスケットがあるの。泰子と二階で食べなさい。私もすぐに行くから」

どうやら父は不在らしいが、女中なら怒りの理由を知っているかもしれないと思い、ふたりを二階に促した。

「すぐに来てね」

「はいはい。わかりましたよ」

笑顔で送り出すと、貫一は何度も振り返りながら、泰子に背中を押されて階段を上がっていった。

「元子《もとこ》さん、ちょっといい？」

私は長く三谷家を支えてくれている五十代の女中頭に声をかける。

「はい。旦那さまのことですね？」

「うん」

彼女は承知している様子で、他の女中に二階にお茶を運ぶように指示をしてから、私を座敷に通した。

私にも日本茶を用意してくれた彼女は、すぐ近くに正座する。

「ありがとう。泰子から聞いたのだけど、お父さまが怒っていらっしゃるとか。なにがあったのか知っているかしら」

「それが、すさまじい剣幕でしたので、とてもお尋ねできる状態ではなく……」

元子さんは申し訳なさそうに話すが、泰子ですら無理なのだから、女中の立場では
そうなるのが普通だ。

「そうよね。心当たりはない？」

「あの……」

うつむく彼女は、ちらっと私を見てから口を開く。

「旦那さまが、津田さまにだまされたとかなんとか……」

「敏正さんに？」

どういうこと？

「はい。くわしくはわかりかねますが、とにかく郁子さまをだしにうまくだましたと
かなんとか。いきなりの結婚話も、五千圓も、このための布石だったと」

このためって、なに？

敏正さんの様子がおかしかったのは、父の怒りと関係があるの？

「お父さまは、会社ね？」

「それが、先ほど社員の方から連絡があり、旦那さまに目を通していただきたい書類
があったのに姿が見えないと」

「えっ……」

それじゃあ、どこに行ったの？

「その方が、今日は朝から旦那さまの機嫌が悪くて、明日の落成式は大丈夫かと心配されておりました」

どこに行ったのかわからないのでは、話もできない。

落成式は、最悪父がいなくても敏正さんや津田紡績の人たちがなんとかしてくれるような気もするが、社長がいないなんて恰好がつかないだろう。

「探すといっても……」

まったくあてはない。

私は途方に暮れてしまった。

元子さんから話を聞いたあと二階に上がると、貫一が満面の笑みで私を迎えてくれた。

「姉さま、ビスケットおいしかったです」

「よかった。敏正さんがいただいてきたのよ」

「これもおじさまが新しく買ってくださったんだよ」

貫一が私の手を引き、新しい詰襟の制服の前まで連れていく。

「そうなの？」

「一橋さんが来られたときにつんつるてんなのに気づかれて、それで津田さまからって。私も着物をいただいたの」

言葉足らずな貫一の代わりに泰子が教えてくれる。

そんな話、初耳だ。敏正さんはきっと、私が気にすると思って黙っていたのだろう。

それほど心温かい敏正さんが、だますってなに？

元子さんの話に動揺している私は、しばらく口をきけなかった。

その代わり、貫一が学校であったことをたくさん話してくれた。「うん、うん」と相槌を打つだけでとても楽しそうだ。やはりまだ母親が必要な年頃なのだろう。

「お父さま、帰ってこないわね」

柱時計がボーンボーンと六つ音を奏でたものの、父が帰宅する気配はない。

「もう帰らなくちゃ。貫一。私、もっと遊びに来るようにするわ」

「本当ですか？」

「うん。だから泰子の言いつけを守っていい子にしててね」

「はい！」

元気な返事とは裏腹に寂しそうな貫一と離れるのは忍びがたいが、敏正さんが帰ってくる。父に聞けないのなら、彼に聞こうと考えていた。

「泰子、負担をかけてごめんなさい。お父さまのことは私がなんとかするから、貫一をお願いね」

「わかりました。お姉さまが来てくれてうれしかった」

「それではまた近いうちに来るわ」

私は元子さんたちにふたりを託して、電車に飛び乗り家路を急いだ。

早めに帰宅した敏正さんから、無事に明日の落成式の準備が済んだと報告があった。

春江さんには食事の準備のあと帰ってもらった。敏正さんと父の話がしたかったからだ。

「このイカの酢の物は、春江の味だな」

「よくおわかりになりますね」

「郁子はもう少し甘い。実は甘いほうが好みなんだ」

敏正さんは小声でおかしそうに付け足す。

「それでは今度は私が作りますね。今日は……三谷の家に行っていて遅くなったんです」

切り出すと、にこやかだった彼の表情が引き締まった。

「そう」

「貫一の制服と、泰子に着物をありがとうございます」

「あぁ。かわいい義妹と義弟だからね、それくらいは」

目を弓なりに細める優しい彼が、なにをだますというの？

疑心暗鬼に陥ったり、やっぱり彼を信じたり、心が忙しく揺れ動く。

「泰子が訪ねてきたんです」

私が再び口を開くと、敏正さんは真剣な表情に戻りうなずいた。

「父が、ひどく憤慨していて手がつけられないと。泰子はなにに怒っているのかわからないと話していましたが、女中が……」

そこから先を言いよどむ。敏正さんの答えが怖いからだ。

父がどうしてだまされたと激怒しているのかわからないこの状況では、彼に尋ねるしかない。ただ、私との結婚をだしに、と父が話していたらしいことがとても引っかかっていて、妙な汗をかく。

「女中が？」

「敏正さんにだまされたと憤っていたと」

私は彼の目をまっすぐに見つめて伝えた。敏正さんもまた、目をそらそうとはしなかった。

「そう、か」

これはどういう反応なの？

馬鹿なことを、と笑い飛ばしてほしかったのに、どこかあきらめたような彼の様子に、鼓動が速まっていく。

「父上がそうおっしゃるのであれば、そうなのだろう」

「えっ……」

肯定の返事に、衝撃を受ける。

「だましたって、なにをです？　女中が、私との結婚やあの五千圓をだしにしたと父が口走っていたと。どういう意味なんですか？」

すがるように尋ねたが、彼は唇を噛みしめて黙り込む。

「敏正さん？」

「父上とは話をしたのか？」

「いえ。待っていたのですが帰ってこなくて。会社にもいないということでしたので、会えませんでした」

ありのままを伝えると、彼は腰を上げて私の隣までやってきた。そして、少し困った顔をしてまっすぐ私を見つめる。

「今はまだなにも言えない。すまない、郁子」

「嫌っ」

両肩に手を置かれて、思わず振り払ってしまった。

「どうして？　どうして、くだらないと笑い飛ばしてくださらないの？」

「郁子……」

なにもわからないのは不安なの。

「明日まで待ってくれ」

「なんで？　私には話せないことなのですか？　敏正さんはどうして私と結婚したの？」

愛してると言ってくれたのに。あれは嘘だったの？

もうなにを考えていいのかわからないほど混乱し、私はそのまま二階に駆け上がった。

「郁子」

自室の障子をピシャリと閉めると、追いかけてきた敏正さんの悲痛な声が聞こえてくる。

「ひとりにしてください」

今は彼の顔を見たくない。

だましたってなに？どうしてはっきり言えないの？　やましいことがあるから？

でも……明日まで待ってくれって、明日なにがあるのだろう。

落成式できっとなにかが起こるのだ。

「郁子。俺の部屋の布団で寝なさい。俺は下で寝る。泣かせてごめん」

彼は結局、核心に触れることなく一階に下りていってしまった。

それから私はひとしきり泣いた。

ようやく心を通い合わせられたと思っていたのに。夫婦としての楽しい未来を思い描いていたというのに。

父の話が正しいならば、敏正さんは私との結婚を利用して父をだましたということになる。

でも、いったいなにをだましたというの？

「敏正さん……」

小声で彼の名を口にすると、胸が締めつけられるように痛む。

吉原に身を沈めようとしていた私を救ってくれた彼には頭が上がらない。政略結婚を言いだされたときはひどく仰天したが、優しくて誠実な敏正さんにいつの間にか恋をしていた。

そんな彼に一生添い遂げると決めたのに……。父に妓楼に売られそうになり、最愛の旦那さまにも裏切られたら、もう誰も信じられない。

「だましたって、なに？」

心臓が早鐘《はやがね》を打つ。

言い訳ひとつしない敏正さんに絶望しながら、その晩は一睡もせず、ただただ暗い空を見上げていた。

翌朝。二階の窓からざわついている外を覗くと、敏正さんが迎えの自動車に乗るのが見えた。おそらく、式典のために丸の内に向かうのだろう。一橋さんと、もうひとりの男性と一緒のようだが顔は見えない。

あれは誰？

「郁子さま」

廊下から春江さんの声がして、「はい」と返事をした。

「開けてもよろしいですか？」

「ごめんなさい。ひとりにしてください」

「いえ、開けます」

こんな強引な彼女は初めてだ。

春江さんは私の部屋に入ってくると正座し、眉間にしわを寄せる。

「郁子さま。お眠りになられなかったのですか？」

ひと目で寝ていないとわかるほどひどい顔をしているのだろうか。

「ちょっと、眠れなくて」

じっと見つめられるのがいたたまれず、視線を畳に落として答える。

「敏正さまはもうお出かけになりました」

「そう……」

知っていたが、知らなかったふりをした。

私は不安なまま取り残されてしまった。

「今朝は敏正さまも、ひどいお顔をされていまして。あんなにいい男でいらっしゃるのに台無しで」

春江さんはひとり言のように話しだす。

「郁子さまを傷つけたとおっしゃるので、雷を落とさせていただきました。女中の分際で主人に盾つくなんて、身の程知らずですよね」

春江さんが怒ってくれたの？

私が少し身を乗り出すと、彼女はまるで母親のように優しく微笑んだ。

「仕事では有能でも妻を幸せにできないとは、情けない。どんな事情があれど、妻を泣かせるなど言語道断と」

「春江さん……」

女中が主人に意見するなんて。しかも強い口調だったようで、かなりの覚悟があっての上だとわかる。彼女は私のために、進退をかけてくれたのだと感じた。

「敏正さまとの結婚は……会社のためだったんですね」

「どうしてそれを？」

目を見開くと、彼女は難しい顔をして続ける。

「結婚されたばかりの頃、玄関先で一橋さんと敏正さまがお話になられていたのを小耳に挟んでしまったんです。でも、おふたりが次第に打ち解けていかれるのが手にとるようにわかって、ようやく本物の夫婦になられたと、うれしかったんですよ」

まさか、春江さんが政略結婚と知りながら、ずっと見守ってくれていたとは知らなかった。

「でも今朝、郁子さまを泣かせてばかりでどうしたらいいのかわからないと、敏正さまが頭を抱えていらして。あれほど笑顔が増えていたのにどうしたことだろうと考えたら、仕事上の事情だとピンときました。それで、泣かせてしまわれたのなら、謝罪して夫として抱きしめてあげてくださいとお伝えしたのです」

「春江さん……」

「でも、まだできないとおっしゃるので、郁子さまより優先すべきことなんてこの世にはありませんと、図々しくも申し上げてしまいました。……暇をいただくかもしれません」

「嫌よ。そんなの嫌」

私は彼女に近寄り、首を激しく横に振って拒否を示す。

「敏正さんは、間違っていることをしたら正してくれると春江さんを評価されていたのでしょう？　だからたくさんの女中の中から、春江さんを指名してここに連れてこられたのでしょう？」

「ですが……」

「春江さん、ありがとう」

なにをどう言ったらいいのかわからない。ただ、私のために解雇覚悟で意見してくれた彼女にお礼を伝えて、胸に飛び込み涙を流す。

すると、春江さんはしっかり抱きとめ、私の背中をトントンと叩いた。

お母さまが生きていたら、こうして慰めてくれたのかもしれないと思えるような優しい時間だった。

「郁子さま。敏正さまは、仕事では時に冷酷になられます。でも、本当は温かいお方。今朝の動揺ぶり、もし郁子さまを傷つけたとしても、決して本意ではなかったのではないかと思うのです」

本意ではなかった？

たしかに彼は、昨晩『今はまだなにも言えない』と苦しげに吐き出した。なにかあるのは間違いないが、彼も苦しんでいるのだ。

「そう、よね」

私は彼女から離れて涙を拭いた。

「春江さん。私……敏正さんがとても大切なの」

「はい」

「自分の目で、彼がなにをしようとしているのか確かめます」

おそらく、落成式でなにかがある。父も姿を見せるはずだし、敏正さんは『明日まで待ってくれ』とはっきり言った。

「承知しました」

彼女の微笑みは、賛成と同意のはず。

「ここで待っていてくれますか？　私と敏正さんを」

「郁子さま……。かしこまりました」

春江さんが出ていってしまう気がしてそう言うと、みるみる瞳を潤ませた彼女は、大きくうなずいてから深く頭を下げた。

それから私は家を飛び出した。電車に乗り、丸の内を目指す。

式典は、十時から丸の内三谷ビルヂングで関係者を集めて行われると聞いている。

「間に合って……」

式典の前に敏正さんに会いたかったが、到着するのが十時直前になりそうだ。

お父さまはどうしたのだろう。昨晩は家に帰ったのだろうか。

はやる気持ちを懸命に抑えて、電車に揺られながら敏正さんの顔を思い浮かべていた。

夫婦なら、隠さず教えてほしかった。しかし、仕事上の機密事項なら話せないのかもしれない。

とはいえ、三谷商店に関する話だ。私は蚊帳《かや》の外という立場でもないのに。

「あっ……」

まさか。

いつだったか、松尾さんたちの会話を思い出してしまい、心臓がばくばくと大きな音を立てだした。

外国の得意先を開拓するのは大変だから三谷商店が持っているルートを使う。つながっていさえすれば、取引量を増加させるのは難しくない。という内容だったはず。

あのときたしか松尾さんは敏正さんのことを『使えるものはなんでも使うし、いらなくなったらあっさりと切り捨てる』と、話していた。

──つまり、新しく三谷商事としての出発が決まった今、父はもう用済みなの？

着々と津田紡績から人材をつぎ込み、すでに三谷商店の取引先はすべて把握しているはずだ。会社も真新しいビルヂングも、津田紡績のものになってしまったとか？

会社ごと乗っ取られたの？

そう考えだしたら、全身の肌が粟立ち、呼吸が浅くなって肺に酸素が入ってくる気がしなくなった。

「そんな……」

もし想像通りであれば、いくら津田紡績のためとはいえ、敏正さんの行為がひどく残酷に思える。たとえ本意でなかったとしても、だ。

吉原で拾ってくれたのもあの五千圓も、善意だったかもしれない。けれども賢い敏正さんは、三谷商店の経営状態などを知り、そのあとは大芝居を打ったのだろう。

そして、乗っ取りの計画が明るみに出ないように、私との政略結婚まで企てて、幸せな夫婦を完璧に演じてみせたのだ。

会社が丸ごと手に入るなら、五千圓なんて大した額ではない。

「ひどい」

たしかに敏正さんが骨を折ってくれなければ、三谷商店はビルヂング建設の頓挫《とんざ》だけでなく、倒産していた可能性もある。

でも、それなら教えてほしかった。三谷商店はもう自力では再興できない。津田紡績が今後舵取りをすると、はっきり言ってほしかった。

私への愛をほのめかす必要なんてなかった。政略結婚なのだから当然だと主張すればよかったはずだ。期待させるなんて残酷だ。

どうして今さら……。もうあなたを愛してしまったのに。

父が職を追われたら、三谷家はどうなる？　借金はなくなるかもしれないけれど、新たに借金しなければ暮らしていけない。泰子や貫一は？

こんな事態に陥るなら、やはり私が吉原に身を落とすべきだったのではないかと、頭をよぎる。

ううん。菊乃さんの涙を見たでしょう？　助けてもらえてよかったの。

私は自分に言い聞かせる。

それに、春江さんの前で敏正さんが動揺を見せたのは、なぜ？　それも演技？

混乱して考えがまとまらない。

胸を押さえて必死に気持ちを落ち着けようとしているうちに、電車は東京駅に滑り込んだ。

駅舎を出ると、太陽に照らされて輝く丸の内三谷ビルヂングの白い壁が見える。

このビルヂングが三谷家の再興の第一歩のはずだったのに。

緊張で妙な汗をかく。

しかし、この目で敏正さんがなにをしようとしているのかをきちんと見たい。

十時まであと三分しかない。私は着物の裾を少し持ち上げて走りだした。

ビルヂングの前には人だかりができている。順に一階の式典会場となる大広間に誘導されて、並べられた椅子に着席していっているようだ。

背広を纏った人だけでなく、紋付き袴という正装姿の人までいて、三谷商事の門出を祝いに来てくれているのがわかった。

「どこ？」

人ごみをかき分けて広間まで進むも、敏正さんらしき人は見えない。関係者なのだから、控室だろうか。

一旦広間を出ようとしたそのとき、演壇に三つ揃い姿の男性が数人登壇し、人々の注目が集まった。

「一橋さんだわ」

その一団の中にいた一橋さんが前に立って話し始める。

「本日は丸の内三谷ビルヂングの完成式典にお集まりいただき、ありがとうございます。本日はビルヂングの完成だけでなく、三谷商店改め三谷商事の門出となります」

敏正さんはどこ？

座りきれなかったお客さまとともに広間のうしろに立って目を凝らしたものの、それらしき姿はない。

「それでは、社長に就任いたしました一ノ瀬よりご挨拶を申し上げます」

そのとき、聞こえてきた一橋さんの声に耳を疑った。

社長に就任した？　社長は父ではないの？　やはり、三谷商店は津田紡績のものになってしまったんだ。

予感が的中して、動揺のあまり視線が宙をさまよう。

社長と紹介されて演壇に上がったのは、祝言のときに優しく話しかけてくれた一ノ瀬さんだった。今朝、迎えの自動車に乗っていたのも彼だったのかもしれない。

津田紡績副社長の一ノ瀬さんが、三谷商事の社長を兼任するの？

父は？　社長だったはずの父はどこ？　もうきっぱりと切り捨てられて、この場にもいない、とか？

緊張で鼓動が速くなるのを感じながら、唇を噛みしめる。

津田紡績の関係者の近くに行こうと足を踏み出した瞬間、挨拶に立った一ノ瀬さんのところに会場の隅から男が駆け寄った。

「お父さま……？」

間違いない、父だ。

父が一ノ瀬さんの胸ぐらをつかむと、一橋さんをはじめとした側近の人たちが父を羽交い締めにして引き離す。

「この裏切者！　こいつは私の娘を盾にして、会社を乗っ取った卑劣な輩だ」

「落ち着いてください」

一橋さんが父をなだめるも逆効果だ。父は渾身《こんしん》の力で、押さえつける人たちを振りほどこうと暴れている。

「津田敏正はどうした？　うまいことを言って恩を着せておいて、このざまだ。三谷商店を返せ！　三谷商店の株は、私がかなり買い占めた。お前たちに経営権などない！」

株を買い占めたって、そのための資金はどうしたの？　敏正さんの援助がなければ、泰子たちも学校に通えないほど火の車なのに。

混乱して息を呑む。

飛び出していこうと思ったそのとき、人をかき分けて演壇に上がったのは敏正さんだった。

「津田！　お前は一生許さん！」

息巻く父を数人がかりで押さえている。一方敏正さんはひどく落ち着いた様子で口を開いた。

「株の買い占めは耳に入っています。たしかに昨日、三谷茂さまが筆頭株主になられました」

「認めたな！　こんな落成式は茶番だ！　この会社もビルヂングも私のものだ！」

父は血走った目で敏正さんをにらみつけている。

「その買い占めのための金はどうされましたか？」

「なっ……。そんなことをお前に教える必要などない」

私が不審に思っていた点を、敏正さんが父にぶつけた。しかし父の答えはしどろもどろで、どう考えてもごまかしているようにしか見えない。

まさか、また借金を重ねたの？　そんな……。私を吉原に売り飛ばしただけでは懲りなかったの？

「私は多額の融資をしておりますので、お聞きする権利があるかと」

敏正さんが畳みかけると、父はちらりと会場の片隅に視線を送る。その方向にいた男に見覚えがあり、息が止まった。

「あの人……」

ビルの建設に関わっていた人だ。

法外な建設費用を吹っかけて、それが明るみに出たら行方をくらました、あの。

それに気づいた私が一歩足を踏み出すのと同時に、男も身をひるがえして出ていこうとする。

「その人を捕まえて！」

またあの人にだまされているのではないかと感じた私は大声を出した。

しかし、男はあっという間に出口の扉まで到達してしまった。

「捕まえて、お願い！」

男が扉に手をかけた瞬間、もう一度叫ぶ。

男は慌てた様子で扉を開けたが、扉の向こうに屈強な男性がずらりと待ち構えていたので、驚いた。

それだけではない。今まで客として椅子に座っていた人たちも立ち上がり、男を取り囲んで捕らえるので目を瞠る。

「な、なに？」

「たしかに今朝までは父上が筆頭株主でした。ですが、つい三十分ほど前に、半数以上の株が津田郁子のものとなり筆頭株主は彼女に移りました」

男に注目していると、敏正さんのとんでもない発言が耳に届いて驚きのあまり腰が抜けそうになった。

私が筆頭株主？　どういうこと？

「父上が金を借りたあの男。そこらじゅうで詐欺行為をして、警察が追っていました。父上はこのままでは会社を乗っ取られると吹き込まれて株の買い占めに走ったのでしょうが、その金も法外な利子を吹っかけられてはいませんか？」

「そ、それは……」

途端に歯切れが悪くなった父は図星をさされたのだろう。

「郁子を売って、後悔したはずです。父上！　あなたはくだらない自尊心のために、また同じ過ちを繰り返すのですか？　いくら妻の父上でも、許せない。これ以上郁子を窮地に追い込むのなら、縁を切ってください。泰子さんと貫一くんは私が引き受ける」

敏正さんが悔しそうに啖呵を切る姿を、呆気《あっけ》に取られて見ていた。

「津田さん、ご協力ありがとうございました。取り調べを行い、結果をご報告します」

男を捕まえた紋付き袴姿の男性が敬礼するので目が点になる。

まさか、警察の人？

「お願いします」

敏正さんが丁寧に頭を下げると、捕らえた男を連れて五十人近くの男性がぞろぞろと出ていく。

全員が警察官？　なんなの、これ。

壇上の父も私と同様、驚いた様子で辺りを見回している。

「敏正くん、あとは任せてもいいかい」

「はい。ご協力、ありがとうございました」

「うん」

一ノ瀬さんは敏正さんに一任したあと、立ち尽くす私の前までやってきた。

「郁子さん。敏正くんから説明があると思いますが……。彼は今朝、郁子さんのつらそうな顔に胸が押しつぶされそうだと言っていました。どうか、敏正くんの話を冷静に聞いてやってはくれませんか」

「は、はい」

「それでは失礼します」

一ノ瀬さんは私に優しく微笑みかけてから広間を出ていった。

残ったのは、敏正さんと父、一橋さん、そして私。あっという間に人が引いたことに驚きつつ、壇上の敏正さんを見つめた。

「郁子」

敏正さんに呼ばれ、足を進める。これからどんな告白が待っているのかと思うと心臓が破れそうなほどに激しく動いているが、もうすべてを話してもらえるという安堵があるのも否めない。

「おいで」

敏正さんに柔らかい声でささやかれ、父ではなく彼の隣に立った。私はだまされてなんていないと、彼の表情でわかったからだ。

「ど、どういうことだ？」

父が口火を切ると、敏正さんは落ち着き払った様子で話し始めた。

「この式典はあの男をおびき寄せるための偽物です。先ほどの客は全員警察関係の人たちでした。本当の式典は明日予定されています」

「なにっ……」

父は引きつった顔で言葉をなくす。

「僭越《せんえつ》ながら申し上げます。父上。あの男にいつまでむしり取られるおつもりですか？」

「わ、私はなにも……」

父は明らかに動揺している。敏正さんが言うように、切羽詰まった父は法外な利子を受け入れてお金を借りたに違いない。

「いつまで、郁子や泰子さん、そして貫一くんを悲しませるおつもりですか！　もう二度と悲しませないと約束してくださいましたよね。あれは嘘だったのですか!?」

怒気を含んだ声を吐き出す敏正さんの目が鋭くとがっている。

「あの男は利子だけでなく、父上を利用して会社を裏で操るつもりだったはずです。もちろん、自分に多額の金が落ちるように。役員にでもなる予定だったのでは？」

父の目が泳ぐ。敏正さんの予想はおそらく正しい。

「商売はそんなに甘いものではありません。わからなくて他人に任せるのなら、せめて人を見る目を養ってください。甘い言葉で近づいてくる者には、警戒してください」

敏正さんは諭すように話す。

父にとっては厳しい意見だが、いたって正論だ。

「発行株式の半数以上の株を私が買い占めました。郁子の名義で」

会社の株が私のものになったのは、本当だったの？

驚愕して敏正さんを見上げると、彼は私を見つめてうなずく。

「私は、三谷商店の商売を軌道に乗せるという仕事を終えました。これから次第ではありますが、日本を代表するような商社になると確信しています。今後の三谷商事は郁子に任せます」

「私？」

思わず口を挟んでしまった。会社のことなどなにもわからないのに、できるはずがない。

「あぁ。三谷商店は三谷家のものだ。俺は三谷商店が欲しかったわけではない。俺には津田紡績を守るという責任があるしね」

彼は私を見つめて、優しく微笑む。

私は自分の想像が間違っていたとはっきりわかり、安堵のあまり腰が抜けそうだった。

しかし、父以上に商売がわからないのに、三谷商店の今後を任せると言われても戸惑いしかない。

「父上。頭を冷やしてください。孝義さん、ご自宅までお送りしてください」

「承知しました」

肩を落とし言葉を発しない父は、小さくなったまま一橋さんと一緒に出ていった。

「郁子。申し訳なかった」

敏正さんがいきなり深く頭を下げるのでひどく慌てる。

「な、なにをなさっているのですか？」

窮地を救ってくれたのに、謝られるいわれがない。

「今日の計画は、あの男をおびき出すためのもの。警察と俺、孝義さん、あとは一ノ瀬さんしか知らなかった。あの男は嗅覚が鋭い。逃げられてはもう捕らえられないかもしれないと緘口令が敷かれて、父上と連絡が取れる郁子にも話せなかった」

それで歯切れの悪い答えしか返ってこなかったのか。

「仕方がなかったとはいえ、郁子を泣かせてしまった。夫としては失格だ」

苦しそうに再び首を垂れる敏正さんに慌てる。

「いえ。最高の旦那さまです。父がご迷惑ばかりおかけしているのに、まだおそばに置いていただけるのかどうか……」

複雑な感情を吐露《とろ》すると、不意に抱き寄せられて目を見開く。

「当然だろう？　郁子は生涯でただひとり、真剣に愛した女なんだ。そばにいてくれないと困るのは俺のほうだよ」

私は敏正さんの言葉がうれしくて、彼の背広をギュッとつかむ。

「郁子。泣かせてごめん。でも俺は……お前を守るためならなんでもするつもりだ。たとえこの命をかけたとしても」

彼の本気が伝わってきて、鼻の奥がツーンとしてくる。

「嫌です。命なんてかけないで。私は敏正さんとずっと一緒に生きていきたいんです」

想いをぶつけると、彼は腕の力を緩めて私の顔を覗き込んでくる。そして涙があふれそうな私の目をしっかり見つめて口を開いた。

「ありがとう。愛しているよ、郁子」

熱い唇が重なった瞬間、涙が一粒だけこぼれていった。幸せの、涙が——。

私たちは一旦家に戻った。

出迎えてくれた春江さんが、私たちが一緒にいる姿を見て、顔をくしゃくしゃにゆがめる。

「春江、心配をかけた」

「女中という分際で失礼なことを、申し訳ございません」

彼女は正座をして深々と頭を下げる。

「やめてくれ。春江の叱責はもっともだった。この世に郁子以上に大切なものなんてない」

敏正さんは私の肩を抱き寄せてはっきりと言う。

「これからも俺と郁子を支えてほしい。間違っていると思ったら叱ってほしい」

「敏正さま……」

「大仕事を終えたら腹が減ってしまってね。昼の膳を頼めるか？　郁子と少し話をしたい」

「もちろんでございます！」

弾けた笑顔を見せる春江さんは、さっそく炊事場へと駆けていく。

一方私たちは二階の敏正さんの部屋に向かった。

彼は部屋に入り障子を閉めると、私を切なげな目で見つめる。

「郁子。昨日は――」

「もう謝らないでください。敏正さんが私の、ううん、三谷家のために骨を折ってくださったのは十分にわかりましたから。私が感謝しなければなりません」

なにせ彼は、泰子や貫一まで引き受けると言い放ったくらいなのだから、本気で三谷家の心配をしてくれていたはずだ。

「そうだね。郁子とは笑顔で過ごしたい」

「はい」

彼は窓際に行き窓を開けたあと、私を手招きした。

「こっちの方向に三谷商事がある。明日、本当の落成式典を行うが、そこで体制の発表もしなければならない」

「はい」

「一ノ瀬さんは、必要とあらば三谷商事に出向するようにと父に命じられている。一ノ瀬さんはとても優秀な人だ。今後も、積極的に協力してくれるはず。ただ、さっきも話したように、郁子の名で株を買い進めてある。だから、社長を誰にするかは郁子が決めればいい」

そんな重要な決定を、まるで素人の私に投げられても困惑しかない。

「引き続き父上を社長に置いても、もちろん構わない。それでも、津田紡績が支援の手を緩めることはない。俺も全力で支えるつもりだ」

敏正さんが先頭になって三谷商事を引っ張ったのに彼を出向させないのは、いずれ津田紡績を継ぐからだろう。そのため、現副社長の一ノ瀬さんに白羽の矢が立ったのだ。会社の頂点に近い人が異動するというのは、それくらい三谷商事に期待がかかっているというあらわれのはず。

「私……」

「うん」

「仕事についてはまるでわかりません。ただ、敏正さんを信じればいいということだけは確信しています」

お母さまと対面したとき、『私たち女は旦那さまを信じて待てばいい』と諭された。まさにこういう心境なのだと感じる。

「そう……。ありがとう。それじゃあ、俺が最善だと思う方法を話してもいい？」

「はい」

彼はどさっとあぐらをかき、膝に私を乗せる。息遣いが聞こえるほどの近い距離にはいつまで経っても慣れなくて鼓動が速まってしまうけど、彼に優しく抱き寄せられるのは心地いい。

「一ノ瀬さんを社長に据えて、三谷商事を発展させてもらう。あの人の手腕は父も絶賛しているほどだから間違いない。すでに使えそうな社員を津田紡績から出向させてある。その者たちを中心に、まずは輸出の拡大を図る」

「はい」

それがあのガウンや江戸切子などの取引なのだろう。

「とても失礼ながら、父上には事業からは手を引いていただく。ただ、創業者でいらっしゃるのには変わりない。三谷の名は残し、会長として君臨していただきたい」

「会長？」

これだけの事態を引き起こしておいて、まだ三谷の名を残してもらえるのはとてもありがたい。津田紡績にしてみれば、『津田商事』とでもしたほうがいいだろうに。

でも、会長というのはなに？

「そう。一ノ瀬さんの上の立場だ。ただ、経営には携わらない。名誉職だと思ってほしい」

「名誉職？」

「そうすれば、給料を出せる。三谷家が困らないだけの金額は頼むつもりだ。それと、郁子名義の株はそのまま郁子が持っていればいい。俺たちのやり方が気に食わなければ、株主として物申してくれ」

そんな。株を買い占めたのは私ではないのに。

「でも……。今まで苦労してきたのは敏正さんや津田紡績の方々です。三谷家は口を出すなと制されても、なにも言えません」

三谷家への気遣いがありがたすぎる。しかし、本来評価されるべきは敏正さんや骨を折ってきた側近の人たちだ。

「俺はいいんだよ。郁子という最高のご褒美をいただいたんだからね」

彼は不意に私の額に唇を押しつける。それが照れくさくてたまらないのは、彼の確固たる愛を感じるからだ。

「それに、出向する津田の社員も新しい仕事への期待で目を輝かせている。三谷商店の手助けを始めた頃はそっぽを向かれていたんだが、風向きが変わったのは江戸切子を扱い始めてからなんだ」

「どうしてですか？」

「うん。単に商品の売り買いではなく、日本の文化を津田紡績が先頭に立って諸外国に広めたいと話したら、それに使命感のようなものを抱いた社員が多数いてね。紡績では十分役割を果たしてきたから、次の挑戦をしたいと」

津田紡績にはなんて魅力的な社員がそろっているのだろう。

「皆さん、お熱いんですね」

「そうだね。優秀で熱心な社員こそが、父の、そして俺の自慢だ。俺は彼らが能力を発揮できる場を作るのが仕事だと思っている」

「はい」

おそらく、一番志が高いのが敏正さんなのだろう。そんな旦那さまを持てた私は幸せだ。

「敏正さんにすべてお任せします。一ノ瀬さんにもご苦労をおかけすると思いますが……」

「苦労した分、成功したときの喜びが大きくなる。一ノ瀬さんはそれをよくご存じだし、もちろん俺も全力で三谷商事を守るつもりだ」

「よろしくお願いします」

あぁ、もうこれで安心だ。三谷商店の未来も、三谷家も。

「郁子」

真剣な表情の敏正さんは、私に熱い眼差しを注ぐ。

「お前が教えてくれた。何事にも限界などないのだと。そして、大切な者のためなら、とてつもない力が出るのだと」

彼は私の頬を大きな手で包み込み、顔を近づけてきて唇を重ねる。すぐに離れていったものの、視線が絡まり合いほどけない。

「一生隣にいて、俺を叱ってくれないか」

「敏正さん……」

こんな立派な旦那さまを叱るだなんておこがましい。けれど、彼が私を必要としてくれる限り、ずっとそばでお仕えしたい。

「しかし、郁子に叱られたら立ち直れないかもしれない。叱られないように気をつけなければ」

「えっ？　私を鬼のようにおっしゃらないでください」

私がクスクス笑うと、彼も白い歯を見せた。

三谷商事が新たな歴史を刻み始めて約半年。暑さも一段落すると、庭のハナミズキが赤い実をつけだした。

三谷商事は、一ノ瀬さんに社長に就任してもらった。

父は警察沙汰になってようやく目が覚めたようで、敏正さんの丁寧な説明に、『すべてお任せします』と首を垂れたのだ。

そして、我が家を訪ねてきて、『高慢な気持ちがどこかにあった。敏正くんに馬鹿にされていると勘違いして、また郁子を苦しめてすまない』といきなり玄関先で土下座をした。

私はその姿に驚いたものの、心底安堵した。ようやく父がくだらない自尊心を捨て去ってくれたと感じたからだ。

だから私も、できる限り父を支えていこうと思っている。

そんな父は、会長にとどまらせてくれた敏正さんの温情を理解し、経営には口出ししないものの、今まで取引があった会社に赴いて三谷商事を売り込んでいるそうだ。

もちろん、泰子と貫一も今まで通り学校に通えている。

今日は敏正さんも仕事がお休みで、どこかに出かけると張り切っている。

「郁子。そろそろ行くぞ」

「はい、ただいま」

二階で春江さんに髪を整えてもらった私は、敏正さんの待つ玄関へと向かった。

「そんなに慌てなくていい」

「はい」

彼は以前にも増して笑顔が優しくなった気がする。

「行ってまいります」

春江さんに挨拶をして出ると、タクシーを待たせてあった。

「今日は雰囲気が違うね」

「似合わないですか？」

ここに来た頃、髪を整えてくれた春江さんに耳隠しは似合わないと言われたが、今日はその耳隠しにしてある。

「いや、よく似合っている。色香が増したというか……」

だとしたら、間違いなく敏正さんに愛されたおかげだ。

「すぐにでも押し倒したい」

「えっ？」

耳元で小声で付け足され、恥ずかしさのあまり視線が泳ぐ。

「さぁ、奥さまどうぞ」

敏正さんは余裕の様子で私を後部座席に促した。

「それで、どちらに行かれるんですか？」

「ちょっと味噌を買いに」

「味噌？」

それなら春江さんが近所の味噌屋で購入してくるのに。

首をひねったものの、好みの味噌でも見つけたのかしらと思い黙っておいた。

タクシーで郊外に向かって三十分ほど走ったところに平屋の立派な味噌屋があり、敏正さんは私を伴って店内に足を進める。

「いらっしゃいませ」

髪をラヂオ巻きに整えたハイカラな雰囲気の女性が振り返った瞬間、私は目を見開いた。

「あっ。菊──たみさん？」

彼女が吉原で出会った、菊乃さんこと、たみさんだったからだ。

「お久しぶりです」

すっかり廓言葉が抜けている彼女もまた私と同様に驚いた様子で、深々と頭を下げる。

「ここの江戸味噌がうまいと聞いてね。いただけるかい？」

「ありがとうございます。最近は仙台《せんだい》味噌が多いですからね。江戸味噌は米麹をたっぷり使っているので甘めで、私は大好きなんですよ」

敏正さんが話しかけると、彼女は笑顔で答える。

顔色もよく、元気そうでよかった。

「ご用意しますね」

彼女がきびきびと働く姿に自然と笑みがこぼれる。

敏正さんと一緒に吉原に赴いたあの日。仲を引き裂かれたふたりの幸せは本当にあるのだろうかと胸が痛くなったが、彼女は今、幸せそうに見えた。

樽《たる》から味噌を取り出し始めたたみさんに視線を送る敏正さんは、私の耳元で口を開く。

「味噌も輸出できないかと模索しているんだよ」

「まあ、そうでしたか」

三谷商事は、江戸切子をきっかけに、日本の文化の輸出に積極的だ。欧米の人たちにも受け入れられるといいな。

味噌を用意してくれたたみさんに料金を払うと、彼女は他の従業員をちらりと見てから店の外まで見送りに出てくれた。

「その節は、本当にありがとうございました。またお会いできるとは」

「元気そうでよかったよ。たみが身請け先の味噌屋で働いていると小耳に挟んで、郁子が会いたいだろうなと」

「あらまあ、奥さまの気遣いばかり。惚気ですか？」

敏正さんはたみさんに茶化されている。

「そうだな、惚気だ。惚れているのだから仕方あるまい」

「敏正さん？」

恥ずかしいからそれ以上はやめて。

私が慌てふためくと、ふたりはさもおかしそうに笑う。

ひとしきり笑ったあと真顔に戻ったたみさんは、再び話し始めた。

「おふたりがくださった希望を忘れず、これからも生きていきます。人生、楽しんだもの勝ちですよね」

「おぉ、その通りだ。また味噌を買いに来るよ。郁子と仲良くしてやってくれ」

「こちらこそ。奥さま。こっそり余計に盛っておきましたから、ぜひごひいきに。あまりさぼっていると叱られるので失礼します」

たみさんは指先まできちんと伸ばして手を体の前で合わせ、流れるような所作で腰を折る。

その様子からは遊女として培われた品を感じたけれど、あの頃の沈んだ表情とは違う。今の彼女は輝いていた。

待たせておいたタクシーに乗り込むと、敏正さんが話しだした。

「実はあの店は身請け先のふたつ目の店舗なんだ。たみは囲われて何不自由なく生活していたが、自分から働きたいと望んだそうだよ。和男くんが田舎で頑張っているだろうから、自分もと考えたのだろうね」

「そうでしたか。素敵ですね」

彼女が背負った人生は残酷ではあったけど、『どこも地獄』と絶望いっぱいでつぶやいた彼女が『人生、楽しんだもの勝ち』と前向きに生きていてくれてよかった。

「それにしても、味噌の輸出までお考えとは……」

「どんどん新しいことに挑戦していこうと、一ノ瀬さんと話している。三谷商事も絶好調だ」

「はい。敏正さんのおかげです。専務のお仕事はお忙しそうですね」

敏正さんは三谷商店の件で手腕を評価され、役員に昇格。今は津田紡績の経営の中核を担っている。

「まあ、いろいろな人に会う機会が増えて気は休まらなくなった。でも、家に帰れば郁子が癒してくれるから、それまでの我慢だ」

「私でできることはなんなりと。ですが、さっそく大活躍されていると、一橋さんがおっしゃっていましたよ」

私が漏らすと、彼は目を大きくする。

「孝義さんには、叱られてばかりなのに？」

「そうなんですの？」

私の前ではいつも褒めているのに、直接本人に言うのは照れくさいのかしら。

ふたりは専務と秘書という関係にはなったが、敏正さんが幼少の頃からよく知った仲なので、仕事を離れれば気心が知れていて打ち解けている。

「一ノ瀬さんが異動して空席になった副社長に就任しないかと、父が孝義さんに打診したそうなんだけど……」

「それは適任ですよ、きっと」

ずっと裏方として支えてくれていた彼だけど、すこぶる頭の回転が速くできる人。これまでも役員就任の話はあったそうだが、敏正さんを育てたいからと断っていたとか。

「それが、また断ったって」

「どうして？」

副社長なんてなりたくてもなれないのに、断るなんて信じられない。

「俺に、さっさと副社長まで上り詰めろと言うんだ。そうしたら、役員に就任して支えるからって。あの人には頭が上がらない」

お母さまも凛々しくて優しい人だけど、その弟の一橋さんも素敵な人だ。そうした人たちに囲まれて育ってきたから、敏正さんはこんなに温かいのかもしれない。

「それは頑張らないといけませんね」

「あぁ。だから郁子にもっと甘えようと思う」

「ええっ？」

「疲れたら甘えたくなるんだ。いいだろう？」

思いがけず子供のような発言をする彼に、頬が緩む。でも、私の存在で心穏やかになってくれるなら、なんでもする。

「甘えられたら、私のほうが癒されます」

「それじゃあ、ちょうどいいな」

クスクス笑う彼との穏やかな時間がずっと続きますように、と心の中で願った。

その後銀座に寄って、春江さんの大好物の大福をお土産に買い、家路についた。

ところが、タクシーで家まであと数分という頃、なんだか気分が悪くなってきて敏正さんに体を預ける。

「郁子。どうした？　唇が真っ青だ」

慌てた様子で私の顔を覗き込む敏正さんは、「横になれ」と私の頭を膝に誘導してくれる。

「少し気分がすぐれなくて」

「車の揺れに酔ったのか？」

そうだろうか。今まで何度も津田紡績所有の自動車に乗せてもらったことはあるし、タクシーも初めてではない。けれども、一度もこんなふうになった経験はなかった。

「わかりま……」

途中で口を閉ざしたのは、気分の悪さを自覚したら急速にひどくなってきたからだ。

「もう家だ。帰ったら医者を呼ぼう。急いでくれ」

運転手に指示を出した敏正さんは、私の背中をさすった。

敏正さんに抱き上げられて家の玄関を入ると、春江さんがすぐに顔を出した。

「春江。郁子の調子がすぐれない。医者を呼んでくれ」

「は、はいっ」

彼女はすぐさま外へ駆け出していく。この家には電話が備えつけられているが、近所の医院にはまだないからだ。

てきぱきと布団を敷いた敏正さんは、私の帯をほどき長襦袢姿にしたあと寝かせてくれる。そして、枕もとに座り心配そうに顔をゆがめた。

「すまない。無理をさせたか？」

「大丈夫ですよ。今日は車に揺られていただけでしょう？」

彼が過剰に反省しているので首を横に振る。

休みの日は朝から庭掃除をすることが多く、もっと動いている。それに、会社に行く日は比べ物にならないほど忙しいから、無理をしたという自覚はまったくない。

「そうか。やはり乗り物酔いか……」

「お医者さまもよかったですのに。きっと少し休めば元気になりますわ」

笑顔を作ったものの、胃のあたりのむかつきは収まる気配がない。

そういえば、数日前から少し体がだるいかも。風邪をひいているのかしら。

そう思ったけれど、敏正さんが心配しそうなので黙っておいた。

お医者さまが往診してくれたのは、それから三十分ほどあとだった。

「微熱もありますね。これは……。月のものは来ていらっしゃいますか？」

「……そういえば、遅れています」

そう答えた瞬間、お医者さまは口の端を緩める。

まさか……。

「ご懐妊ですね」

「本当ですか⁉」

診察の間、廊下で待機していた敏正さんにも声が届いたようで、私より先に興奮気味に叫んでいる。

「旦那さま、お入りください」

障子が開いたその先には、目を真ん丸にした敏正さんの姿があった。

「おめでとうございます。しばらくは流れやすいですから、無理をなさらないでくださいね」

「あ、あ、ありがとうございます！」

敏正さんはお医者さまの手を握り、深々と頭を下げる。大げさなまでに喜んでいる様子を見て、私も感動のあまり瞳が潤んできた。

その後、お医者さまを見送りに出た敏正さんは、戻ってくると私に温かな眼差しを送り泣きそうな顔をする。

「郁子。ありがとう」

「こちらこそです。私……敏正さんに嫁げて幸せ――」

それ以上言えなかったのは、彼の唇が私のそれに重なったからだ。

「これからもっともっと大切にする。郁子も、この子も」

とても過保護な私の旦那さまは、私のお腹にそっと手を置き、優しく微笑んだ。

赤い実をたわわに実らせているハナミズキが、窓から見える。

このハナミズキの木は、暑い日も寒い日も、私たちの希望に満ちあふれた未来をずっと見守ってくれるだろう。

「大好きです、敏正さん」

「俺もだ。愛しているよ、郁子」

敏正さんは私の頬に優しく触れて、まぶしいほどの笑顔を見せた。

書き下ろし番外編

愛おしい妻

郁子のお腹が少しずつふくらんできた。妊娠、そして出産というものがどういうものなのかよく理解できていない俺は、毎日ただおろおろするばかりだ。

「郁子。また掃除をしているのか？　春江に任せなさい」

日曜の今日は仕事が休みで、少々朝寝坊してしまったのだが、一階に下りると郁子がほうきを手にしていたので慌てて取り上げる。

「敏正さん、浴衣が乱れていますよ」

俺は慌てふためいているのに、彼女はクスクス笑みを漏らして俺の襟元を整えてくれた。

「いや、俺はいい。それより郁子だ」

俺は彼女のお腹に手をあてた。

俺たちの子が彼女のお腹に宿ったとわかってから、はや三カ月。最初は悪阻《つわり》に苦しんだ彼女だが、少しずつ治まって顔色もよくなってきた。しかし、食べ物を少し口にするだけで吐いていた郁子を見ているので心配でたまらない。

「もう元気ですよ。産婆さんも普通にしていても大丈夫だとおっしゃっていたではありませんか」

「それはそうだが……」

何度も妊娠は病気ではないと念を押されたが、そうはいっても食べられず臥せっていた時期もあったし、無事に出産にたどり着けず流れてしまうこともあると知っているので、そわそわするのだ。

しかし、当の本人の郁子は落ち着いている。これが母親の貫禄というものだろうか。見た目の愛らしさはまったく変わらないのに、いちいち動じない彼女が頼もしい。

「敏正さま、起きられましたか？」

そこに春江が顔を出した。

「春江。掃除を頼む」

「郁子さま、ほら言ったじゃありませんか」

「ふふふ。春江さんの言う通りだったわ」

郁子と春江はなにやら目配せしている。

「なんだ？」

「郁子さまが掃除なんてされていたら、敏正さまが血相を変えて飛んでこられると話していたのですよ」

「あ……」

まったくその通りで、言い返す言葉もない。

「さあさあ、掃除は私がいたしますので、朝食をどうぞ。大旦那さまも大奥さまもお待ちかねですよ、きっと」

今日は津田家の本邸に呼ばれているのだ。

俺と郁子は朝食を済ませてさっそく本邸に向かった。


「いらっしゃい」

「母上は相変わらずですね」

玄関で出迎えてくれたのは、女中ではなく母だ。俺や父より活力があふれている母は、やはり郁子によく似ている。いや、郁子が似ているのか。

「お母さま、本日はお招きくださりありがとうございます。こちら、千歳の甘納豆です」

手土産はいつもの店で。母がここの甘納豆が好きだと耳にした郁子が気を使ったのだ。

「うれしいわ。一緒に食べましょう」

「はい。楽しみにしておりました」

「もう悪阻はよくなったのね？」

似た者同士だからか母と郁子の仲はすこぶるよく、実母を亡くした郁子も俺の母を本当の母のように慕う。

ふたりは俺をそっちのけで、楽しそうに話しながら客間に向かった。

西洋から輸入したソファに腰掛けると、女中がお茶を運んでくる。郁子が恐縮して受け取ると、対面に座った母が話し始めた。

「今日お呼びしたのはね、そろそろどうかと思って」

意味深長な発言をする母は、女中から真っ白な布を受け取り俺たちに見せる。

「なんですか、これ？」

「やっぱり男では気が回らないわね。斎肌帯《いはだ》よ。そろそろでしょう？」

斎肌帯？

「本当は子だくさんのご夫婦にお願いして着帯式をするのだけど、郁子さん体調が悪かったし、結局は祝宴を開きたいだけだもの。仰々しくなくてもいいかしらと思って」

「お気遣い、ありがとうございます」

郁子は満面の笑みを浮かべてお礼を口にしてるが、俺はなんのことかさっぱりわからない。

「母上、その斎肌帯というのは……」

「敏正もまだまだだ。このくらいの時期の戌《いぬ》の日に、安産の願いを込めて妊婦の腹に腹帯を巻くのだよ」

部屋に入ってきた父が口を挟む。

「お邪魔しております」

慌てて立ち上がり挨拶をする郁子に「久しぶりだね。どうぞ座って」と声をかける父は、母の隣に腰を下ろした。

「そうでしたか。勉強不足でした」

「いいのよ、敏正。行基《ゆきもと》さんもご存じなかったんだから」

母に本当のことを明かされてしまった父は、ばつの悪そうな顔をして笑っている。

「敏正。自分の子を生んでくれる郁子さんに感謝しなさい。出産は大仕事なのだよ」

俺と妹の出産に立ち会ったらしい父は、真剣な表情で言う。そもそも男が出産の場にいるなんて他では聞いたことがなく、母も驚いたのだとか。しかし心強かったと話していたので、俺もそうするつもりだ。

「わかっております」

郁子に目を合わせてうなずくと、彼女も口を開いた。

「敏正さんはとてもよくしてくださいます。お優しいお父さまとお母さまの血を引いていらっしゃるからですね」

「いい妻をもらったね、敏正」

父はすこぶる上機嫌だ。でも、一番優しいのは郁子に違いない。

それから郁子は母とともに別の部屋に行き、斎肌帯を巻いて戻ってきた。

「郁子、どうだ？」

「はい。気持ちが引き締まりました。これで安産間違いなしです。こんなによくしていただいて……」

郁子がうっすらと涙ぐむので慌てて歩み寄る。

「どうした？」

「いえ。幸せだなと思ったら、私……。すみません」

もしかしたら、亡くなった実母を思い出したのかもしれない。

「郁子さんが津田家にお嫁に来てくれて、私たちも幸せよ」

「そうだね。敏正は仕事でもよくやっているが、郁子さんを妻に迎えられたことが最大の手柄だ。私たちも鼻が高いよ」

母の言葉に呼応するように父も付け足す。

こんな両親と、心清らかな妻を持てた俺は、とてつもない幸せ者だ。

「ありがとうございます」

完全に涙腺が崩壊した郁子をそっと抱きしめると、母は小さくうなずいた。

郁子が落ち着いたあと、話があると父に呼び出されてひとり別室に向かった。俺に椅子を勧めて自分も隣に座った父が口を開く。

「あやが話していたんだが、妊娠中はとても心が不安定になるそうだ」

郁子が突然涙を流したのは、父や母の心遣いが胸に響いたのもあるだろうが、やはり不安定なのかもしれない。

「そうでしたか」

「それに、出産は命がけだ。男は自分の子が生まれるという喜びばかりだが、女はたとえ自分の命と引き換えにしても我が子を誕生させるという強い気持ちで立ち向かう。しかし、怖くないわけではない」

「はい」

ピリッと背筋が伸びる。郁子が悪阻で苦しむ姿を目の当たりにしてはらはらしたが、出産の壮絶さはその程度では済まないのだろう。

「出産は女の仕事だと見向きもしない輩も多いが、それは間違っている」

「その通りです」

父が念を押すように言うのでうなずいた。まさか父とこんな話で意気投合するとは思わなかった。

「そうか。わかっていればそれでいい。郁子さんを大切にしなさい」

「もちろんです」

俺がきっぱり答えると、父は満足そうな顔をした。

その後は、帯祝いと称してたくさんの料理でもてなしてもらった。突然涙を流した郁子だったが、母の隣で終始笑顔を絶やさない。しかし、父の話を聞いた俺は、この笑顔の裏にある不安をできる限り引き受けようと考えていた。

帰宅して入浴したあと二階で待っていると、郁子もやってきた。

「布団に入りなさい。疲れてないか？」

春江が敷いておいてくれた布団に促し、尋ねる。

「はい。まったく。とても幸せな時間でした。お母さまがお優しくて、本当の母のようで……」

やはり涙声になる彼女を抱き寄せた。

「当然だよ。郁子は津田家の家族なのだからね」

「ありがとうございます」

「郁子、なにか困っていることはないかい？」

解かれている髪を撫でながら問う。

「なにも。敏正さんにはいつも気遣っていただいて、もう十分です」

「そう。それじゃあ聞き方を変えよう。不安なことはない？」

体を離して顔を見つめながら改めて尋ねると、彼女の頬がピクリと動く。

「郁子。俺は郁子の夫だ。お前の悩みも不安も一緒に背負いたい。なんでも言って」

「でも……きっと贅沢な悩みですから」

そうやって我慢しているのか。

今朝はなににも動じない強い女だと思ったが、あれは虚勢だったのかもしれない。

不安を抱えているのに、それを押し殺しているのだろう。

「話してごらん。俺に夫としての役割を果たさせてくれ」

「敏正さん……」

柔らかな郁子の頬に触れ、視線を合わせて言うと、彼女は俺の腕をそっと握る。

「私……この子を授かったときすごくうれしかったのに、敏正さんのような立派な人に育てられるのかと不安で」

意外な答えに目を見開く。

津田紡績や三谷商事が大きくなればなるほど、跡継ぎになるかもしれない子を宿している彼女の心に負担がかかっているのかもしれない。

「郁子は誤解しているよ。幼い頃の俺は相当やんちゃで、いつも母上や女中を振り回していたんだ」

「敏正さんが？」

「そう。箪笥の中の物を全部ひっくり返すわ、庭の池で水浴びをするわ、松の木にぶら下がって枝を折ったこともあったなぁ」

「え？」

郁子は目を丸くするが、俺のくだらない武勇伝はいくらでもある。

「ちなみに松の木は、親子二代で同じことをしたそうだ」

「お父さまも？」

「そう。母上に聞いたのだが、父上は自分がやらかしているから、俺を強くは叱れなかったんだとか」

あんぐり口を開ける郁子は、信じられないという様子で瞬きを繰り返す。

「そんないたずら坊主が、こうなった。妻に立派な人と言ってもらえるくらいには成長した」

郁子にそう思われていると考えると、かなり照れくさいがうれしくもある。

「父上も母上も、幼い頃は、俺をのびのび育ててくれた。ただ、どれだけ仕事が忙しくても母上を大切にする父上を俺は尊敬していたし、言いにくいことでも父上にはっきり物申す母上のこともそう。そんな両親を見ていたら、自然と自分もこういう人間になりたいと思うものだ。俺たちは精いっぱい生きている姿をこの子に見せるだけでいいのではないか？」

跡継ぎとしての特別な教育など必要ない。ありのままの生き方を見せていれば、きっと子も郁子のようにまっすぐ育つ。

「そう、ですね。敏正さんのご活躍を間近で見ていれば、自然と立派に育ってくれるのかもしれません」

「俺が活躍するとしたら、郁子のおかげだぞ」

「どうして私の？」

大きな目をいっそう見開き、首をひねる郁子がかわいくてたまらない。

「郁子の笑顔が見たい一心で頑張るのだからな、俺は。男なんて単純な生き物なのだよ」

愛する女に認められたい。そして幸せにしたい。という気持ちこそ、俺の原動力だ。

少しは気が楽になったのか、彼女に笑顔が戻ってきた。

「子を生むのは、郁子にお願いしなければならない。でも、俺にできることはなんでもするつもりだ。この子にも郁子にも愛想を尽かされないようにね」

俺が言うと、驚いたような表情を見せる彼女は首を横に振る。

「愛想を尽かすだなんてとんでもない。私こそ、出産のときに見苦しい姿を見せたらと心配で」

「出産のときに取り乱さない人なんていないさ。父上が言っていたよ。出産のときの母上は、どんな着飾った女性よりも美しかった、ますます愛おしくなったと、実の息子に惚気るのだ。こちらが恥ずかしい」

しかし、自分もそうなる予感はある。いくら取り乱しても、泣き叫んでも、命をかけて自分との子をこの世に誕生させてくれる妻を愛おしく思わないわけがない。

「……だが、俺もこの子にそう話す日が来ると思っている」

俺は郁子のお腹にそっと触れた。いつか俺も、郁子がいかに素晴らしい女なのかを話して聞かせたい。いや、自慢したい。

「そんな。あっ……」

「あっ」

郁子と声が重なった。たしかに胎動を感じたからだ。

「今、動いたな」

「はい。聞こえてるよと言っているのかも」

郁子の笑顔が弾ける。もちろん、俺も。

お腹の子に俺たちの声が届いているのかどうかはわからない。しかし、我が子をこうして感じられて、この上ない幸せな気持ちで満たされる。

「待ってるからな。元気に生まれておいで」

「あっ。聞こえてる」

俺がお腹の子に声をかけると再び動いたので、郁子が喜びの声をあげた。

彼女もこの子も俺が守る。なにがあっても必ず。

そんな想いを強くした俺は、郁子をそっと抱きしめた。

完

あとがき

『明治ロマン政略婚姻譚』の最後で誕生しましたやんちゃ坊主、敏正のお話はいかがでしたでしょうか。立派に成長した彼は、母そっくりな郁子を見初めて恋をしました。血は争えないといったところでしょうか。出産のシーンを別の機会に番外編として書いておりまして、ふたりにはかわいい男の子が生まれています。（松の木の枝がもう一本折れるかも）今回の番外編は、その少し前のお話です。

実はこのお話、いろいろな作品につながっています。最初に執筆したのは、副社長一ノ瀬の子孫が現代の三谷商事で奮闘するお話でした。その後、明治時代の津田紡績を書き、そしてこの作品です。いつか敏正の子孫の物語も書いてみたいなと思っています。

明治、大正は、日本が大きく西洋化に傾いた時代です。敏正と郁子の祝言が白無垢にステーキだったように、和洋折衷がいろいろなところで見られ、新しい文化が生まれました。そして、三谷商事のような商社が多数設立されて経済も大きく動いていきます。

この時代で注目したいのは、職業婦人の増加です。遊廓や花街のような文化が残る一方で、社会に出て働く女性も増えてきました。デパートガール、電話交換手、バスガイド。そして富子も目指したタイピスト等々。これまで地位の低かった女性が輝きだした時代です。現代でもまだ男女の性差で線を引かれてしまうところが残っているように感じますが、この頃の女性の活躍がなければ、現代の女性の社会進出はなかったかもしれないなと思います。バイタリティあふれる彼女たちに負けないように、私も頑張らねば……と思いつつ、暑い毎日（八月に書いています）に打ちのめされて、クーラーのついた部屋でアイスが食べたいとだらけた生活を送っている人がここに。スーパーやコンビニに行けばいつでも冷たいアイスが買えるこの時代に感謝しながら、また皆様に新しい物語をお届けできるように精進します。

最後になりましたが、この作品をお手に取ってくださいました皆さま。出版に力を貸してくださいました関係者さま。ありがとうございました。

朝比奈《あさひな》希夜《きよ》

この物語はフィクションです。実在の人物、団体等とは一切関係がありません。

朝比奈希夜先生へのファンレターのあて先
〒104-0031　東京都中央区京橋1-3-1　八重洲口大栄ビル7F
スターツ出版（株）書籍編集部 気付
朝比奈希夜先生

大正ロマン政略婚姻譚

2021年10月28日　初版第1刷発行

著　者　朝比奈希夜　

発行人　菊地修一
デザイン　フォーマット　西村弘美
カバー　北國ヤヨイ
発行所　スターツ出版株式会社
〒104-0031
東京都中央区京橋1-3-1　八重洲口大栄ビル7F
出版マーケティンググループ　TEL 03-6202-0386
（ご注文等に関するお問い合わせ）
URL　https://starts-pub.jp/
印刷所　大日本印刷株式会社

Printed in Japan

ISBN　978-4-8137-1170-4　C0193

スターツ出版文庫　好評発売中!!

『30日後に死ぬ僕が、君に恋なんてしないはずだった』　茉白《ましろ》いと・著

難病を患い、余命わずかな呉野は、生きることを諦め日々を過ごしていた。ある日、クラスの明るい美少女・吉瀬もまた“夕方の記憶だけが消える”難病を抱えていると知る。病を抱えながらも前向きな吉瀬と過ごすうち、どうしようもなく彼女に惹かれていく呉野。「君の夕方を僕にくれないか」夕暮れを好きになれない彼女のため、余命のことは隠したまま、夕方だけの不思議な交流を始めるが――。しかし非情にも、病は呉野の体を蝕んでいき…。

ISBN978-4-8137-1154-4／定価649円（本体590円+税10%）

『明日の世界が君に優しくありますように』　汐《しお》見《み》夏《なつ》衛《え》・著

あることがきっかけで家族も友達も信じられず、高校進学を機に祖父母の家に引っ越してきた真波。けれど、祖父母や同級生・漣の優しさにも苛立ち、なにもかもうまくいかない。そんなある日、父親と言い争いになり、自暴自棄になる真波に漣は裏表なくまっすぐ向き合ってくれ…。真波は彼に今まで秘めていたすべての思いを打ち明ける。真波が少しずつ前に踏み出し始めた矢先、あることがきっかけで漣が別人のようにふさぎ込んでしまい…。真波は漣のために奔走するけれど、実は彼は過去にある後悔を抱えていた――。

ISBN978-4-8137-1157-5／定価726円（本体660円+税10%）

『鬼の花嫁四～前世から繋がる縁～』　クレハ・著

玲夜からとどまることなく溺愛を注がれる鬼の花嫁・柚子。そんなある日、龍の加護で神力が強まった柚子の前に、最強の鬼・玲夜をも脅かす力を持つ謎の男が現れる。そして、求婚に応じなければ命を狙うと脅されて…⁉「俺の花嫁は誰にも渡さない」と玲夜に死守されつつ、柚子は全力で立ち向かう。そこには龍のみが知る、過去の因縁が隠されていた…。あやかしと人間の和風恋愛ファンタジー第四弾！

ISBN978-4-8137-1156-8／定価682円（本体620円+税10%）

『鬼上司の土方さんとひとつ屋根の下』　真彩《まあや》-mahya-・著

学生寮で住み込みで働く美晴は、嵐の夜、裏庭に倒れている美男を保護する。刀を腰に差し、水色に白いギザギザ模様の羽織姿…その男は、幕末からタイムスリップしてきた新選組副長・土方歳三だった！　寮で働くことになった土方は、持ち前の統制力で学生を瞬く間に束ねてしまう。しかし、住まいに困る土方は美晴と同居すると言い出して…⁉　ひとつ屋根の下、いきなり美晴に壁ドンしたかと思えば、「現代では、好きな女にこうするんだろ？」――そんな危なっかしくも強くて優しい土方に恋愛経験の無い美晴はドキドキの毎日で…⁉

ISBN978-4-8137-1155-1／定価704円（本体640円+税10%）

スターツ出版文庫　好評発売中!!

『記憶喪失の君と、君だけを忘れてしまった僕。2～夢を編む世界～』　小鳥居《ことりい》ほたる・著

生きる希望もなく過ごす高校生の有希は、一冊の本に出会い小説家を志す。やがて作家デビューを果たすが、挫折を味わいまた希望を失ってしまう。そんな中、なぜか有希の正体が作家だと知る男・佐倉が現れる。口の悪い彼を最初は嫌っていた有希だが、閉ざしていた心に踏み込んでくる彼にいつしか救われていく。しかし佐倉には結ばれることが許されぬ秘密があった。有希は彼の幸せのために身を引くべきか、想いを伝えるべきか揺れ動くが…。その矢先、彼を悲劇的な運命が襲い——。1巻の秘密が明らかに⁉ 切ない感動作、第2弾！

ISBN978-4-8137-1139-1／定価693円（本体630円+税10%）

『半透明の君へ』　春田《はるた》モカ・著

あるトラウマが原因で教室内では声が出せない“場面緘黙症”を患っている高２の柚葵。透明人間のように過ごしていたある日、クールな陸上部のエース・成瀬がなぜか度々柚葵を助けてくれるように。まるで、彼に自分の声が聞こえているようだと不思議に思っていると、成瀬から突然『人の心が読めるんだ』と告白される。少しずつふたりは距離を縮め惹かれ合っていくけれど、成瀬と柚葵の間には、ある切なすぎる過去が隠されていた…。“消えたい”と“生きたい”の間で葛藤するふたりが向き合うとき、未来が動き出す——。

ISBN978-4-8137-1141-4／定価671円（本体610円+税10%）

『山神様のあやかし保育園二～妖こどもに囲まれて誓いの口づけいたします～』　皐月《さつき》なおみ・著

お互いの想いを伝え合い、晴れて婚約できた保育士のぞみと山神様の紅。同居生活をスタートして彼からの溺愛は増すばかり。でも、あやかし界の頂点である大神様のお許しがないと結婚できないことが発覚。ふたりであやかしの都へ向かうと、多妻を持つ女好きな大神様にのぞみが見初められてしまい…。さらに大神様の令嬢、雪女のふぶきちゃんも保育園に入園してきて一波乱⁉果たしてふたりは無事結婚のお許しをもらえるのか…？保育園舞台の神様×保育士ラブコメ、第二弾！

ISBN978-4-8137-1140-7／定価693円（本体630円+税10%）

『京の鬼神と甘い契約～天涯孤独のかりそめ花嫁～』　栗栖《くりす》ひよ子・著

幼い頃に両親を亡くし、京都の和菓子店を営む祖父のもとで働く茜は、特別鋭い味覚を持っていた。そんなある日、祖父が急死し店を弟子に奪われてしまう。追放された茜の前に浮世離れした美しさを纏う鬼神・伊吹が現れる。「俺と契約しよう。お前の舌が欲しい」そう甘く迫ってくる彼は、身寄りのない茜を彼の和菓子店で雇ってくれるという。しかし伊吹が提示してきた条件は、なんと彼の花嫁になることで…⁉祖父の店を取り戻すまでの期限付きで、俺様&溺愛気質な伊吹との甘くキケンな偽装結婚生活が始まって——。

ISBN978-4-8137-1142-1／定価638円（本体580円+税10%）

スターツ出版文庫　好評発売中!!

『今夜、きみの声が聴こえる～あの夏を忘れない～』　いぬじゅん・著

高２の咲希は、幼馴染の奏太に想いを寄せるも、関係が壊れるのを恐れて告白できずにいた。そんな中、奏太が突然、事故で亡くなってしまう。彼の死を受け止められず苦しむ咲希は、導かれるように、祖母の形見の古いラジオをつける。すると、そこから死んだはずの奏太の声が聴こえ、気づけば事故が起きる前に時間が巻き戻っていて——。咲希は奏太が死ぬ運命を変えようと、何度も時を巻き戻す。しかし、運命を変えるには、代償としてある悲しい決断をする必要があった…。ラスト明かされる予想外の秘密に、涙溢れる感動、再び！

ISBN978-4-8137-1124-7／定価682円（本体620円＋税10%）

『余命一年の君が僕に残してくれたもの』　日野祐希《ひのゆうき》・著

母の死をきっかけに幸せを遠ざけ、希望を見失ってしまった瑞樹。そんなある日、季節外れの転校生・美咲がやってくる。放課後、瑞樹の図書委員の仕事を美咲が手伝ってくれることに。ふたりの距離も縮まってきたところ、美咲の余命がわずかなことを突然打ち明けられ…。「私が死ぬまでにやりたいことに付き合ってほしい」——瑞樹は彼女のために奔走する。でも、彼女にはまだ隠された秘密があった——。人見知りな瑞樹と天真爛漫な美咲。正反対のふたりの期限付き純愛物語。

ISBN978-4-8137-1126-1／定価649円（本体590円＋税10%）

『かりそめ夫婦の育神日誌～神様双子、育てます～』　編乃《あみの》 肌《はだ》・著

同僚に婚約破棄され、職も住まいも全て失ったみずほ。そんなある日、突然現れたのは、水色の瞳に冷ややかさを宿した美神様・水明。そしてみずほは、まだおチビな風神雷神の母親に任命される。しかも、神様を育てるために、水明と夫婦の契りを結ぶことが決定していて…!?「今日から俺が愛してやるから覚悟しとけよ？」強引な水明の求婚で、いきなり始まったかりそめ家族生活。不器用な母親のみずほだけど、「まぁま、だいちゅき」と懐く雷太と風子。かりそめの関係だったはずが、可愛い子供達と水明に溺愛される毎日で——!?

ISBN978-4-8137-1125-4／定価682円（本体620円＋税10%）

『後宮妃は龍神の生贄花嫁　五神山物語』　唐澤和希《からさわかずき》・著

有能な姉と比較され、両親に虐げられて育った黄煉花。後宮入りするも、不運にも煉花は姉の策略で身代わりとして恐ろしい龍神の生贄花嫁に選ばれてしまう。絶望の淵で山奥に向かうと、そこで出迎えてくれたのは見目麗しい男・青嵐だった。期限付きで始まった共同生活だが、徐々に距離は縮まり、ふたりは結ばれる。そして妊娠が発覚！しかし、突然ふたりは無情な運命に引き裂かれ…「彼の子を産みたい」とひとり隠れて産むことを決意するが…。「もう離さない」ふたりの愛の行く末は!?

ISBN978-4-8137-1127-8／定価660円（本体600円＋税10%）

書店店頭にご希望の本がない場合は、書店にてご注文いただけます。